光文社文庫

文庫書下ろし／長編時代小説

大名

鬼役 三九

坂岡 真

光 文 社

この作品は光文社文庫のために書下ろされました。

目次

※巻末に鬼役メモあります

幕府の職制組織における鬼役の位置

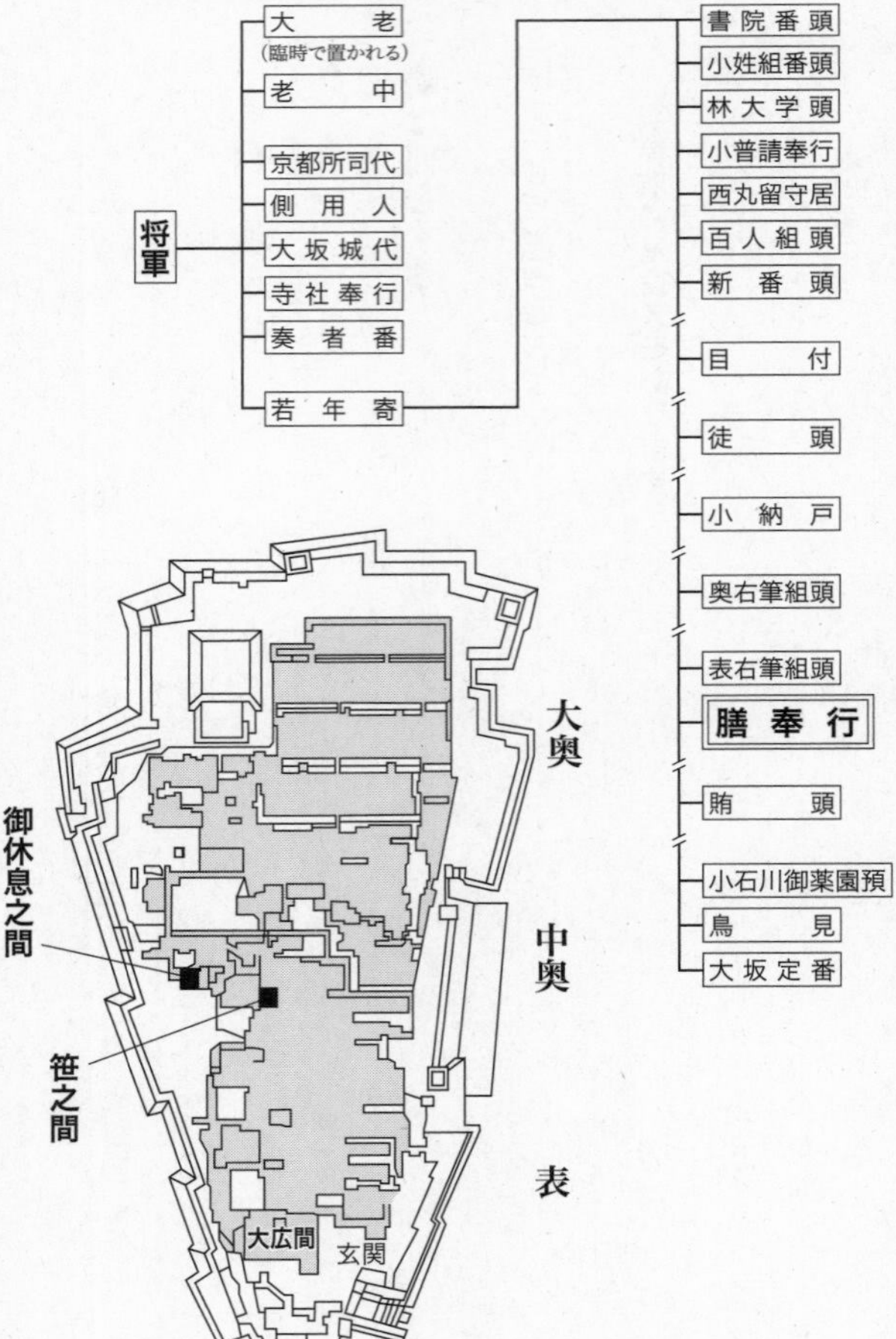

鬼役はここにいる！

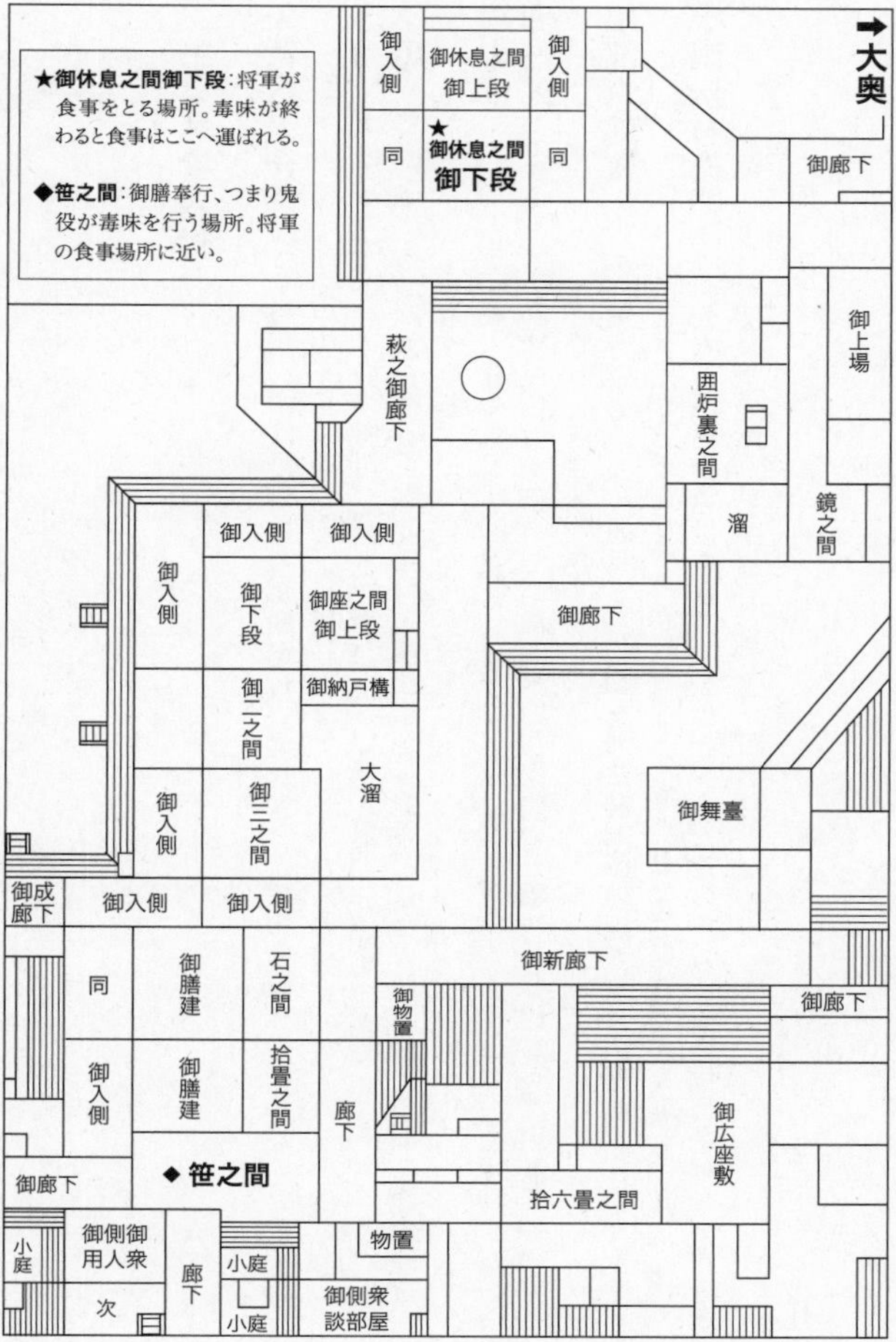
★御休息之間御下段：将軍が食事をとる場所。毒味が終わると食事はここへ運ばれる。
◆笹之間：御膳奉行、つまり鬼役が毒味を行う場所。将軍の食事場所に近い。
➡大奥
御入側
御休息之間
御上段
御入側
同
★
御休息之間
御下段
同
御廊下
萩之御廊下
囲炉裏之間
御上場
溜
鏡之間
御入側
御入側
御入側
御下段
御座之間
御上段
御納戸構
御廊下
御二之間
大溜
御入側
御三之間
御舞臺
御成廊下
御入側
御入側
同
御膳建
石之間
御新廊下
御物置
御廊下
御入側
御膳建
拾畳之間
廊下
御広座敷
御廊下
◆笹之間
拾六畳之間
小庭
御側御用人衆
廊下
小庭
物置
次
小庭
御側衆談部屋

主な登場人物

矢背蔵人介……将軍の毒味役である御膳奉行。御役の一方で田宮流抜刀術の達人として幕臣の不正を断つ暗殺役を務めてきた。

志乃……蔵人介の養母。薙刀の達人でもある。洛北・八瀬の出身。

幸恵……蔵人介の妻。御徒目付の綾辻家から嫁いできた。蔵人介との間に鐵太郎をもうける。弓の達人でもある。

鐵太郎……蔵人介の息子。蘭方医になるべく、大坂で修業中。

卯三郎……御納戸払方を務めていた卯木卯左衛門の三男坊。わけあって天涯孤独の身となり、矢背家の養子となる。

串部六郎太……矢背家の用人。悪党どもの臑を刈る柳剛流の達人。長久保加賀守の元家来だったが、悪逆な遣り口に嫌気し、蔵人介に忠誠を誓い、矢背家の用人に。

土田伝右衛門……公方の尿筒持ち役を務める公人朝夕人。その一方、裏の役目では公方を守る最後の砦。武芸百般に通じている。

鬼役 二九

大名

隣は何をする人ぞ

一

正月五日、午後。

市ヶ谷御納戸町《いちがやおなんどまち》から尾張《おわり》藩邸へ向かう途中に、中根《なかね》坂という擂《す》り鉢のかたちをした坂がある。傾斜はかなりきついので、雪が積もれば滑りやすい。ゆえに「転《ころ》び坂」とも称される坂道を、蟹《かに》のような体躯《たいく》の侍が下っていた。

名は串部六郎太《くしべろくろうた》、公方家慶《くぼういえよし》の毒味役を仰せつかる矢背《やせ》家の用人《ようにん》である。

「歩《ふ》駒が目印だと言うておられたな」

串部は白い息を吐き、擂り鉢の底から辻を左手に曲がった。

狭い露地《ろじ》のどんつきまで行けば黒板塀《くろいたべい》に囲まれた商家があり、注連縄《しめなわ》の飾られた軒下に大きな将棋の駒がぶらさがっている。

「これか」

表の「歩」を裏返せば「金」になる。「成金」と「金になる」を掛けた判じ物、店は「五二屋《ぐに》」とも呼ばれる質屋であった。

馴染《なじ》みにしているのは矢背家当主の蔵人介《くらんどのすけ》ではなく、蔵人介を養子にした養母の志乃《しの》にほかならない。

二百俵《ぴよう》取りの旗本《はたもと》とはいえ、御膳《ごぜん》奉行の台所事情は厳しい。年越しの費用《ついえ》を捻出するため、志乃は家宝の薙刀《なぎなた》を何度か質に入れていた。入れたり出したりを繰りかえすうちに、五二屋の主人はすっかり矢背家の内情に詳しくなったようだ。

どこまで知っているのか聞いてみるのも一興《いっきょう》だが、志乃から命じられた用事をさきに済まさねばなるまい。何でも、茶室の床の間に掛ける手頃な軸《じく》を見繕ってきてほしいとのことだった。「おぬしはちと信用できぬが」と余計な前置きをしつつも、小判を一枚握らせてくれたのだ。

それなりの鑑識眼は備えていると認めてもらったような気がして、少しばかり嬉しかったし、誇らしくもあった。質屋は金貸しゆえ、骨董《こっとう》品の売買が生業《なりわい》ではない。一両も出せばかなり立派な軸をみつけられようし、高値を吹っかけられても交渉して値切る自信はある。

「ともかく、贋作《がんさく》だけは摑《つか》むなよ」

と、みずからに言い聞かせ、串部は門松《かどまつ》を横目にしながら敷居をまたいだ。

「おいでなされまし」

黒紋付きの主人が帳場から貧相な顔を差しだし、こちらの風体《ふうてい》を見極めたうえで腰の差料《さしりょう》に目を留める。

無骨な黒鞘《くろざや》に納まっているのは身幅の広い同田貫《どうたぬき》、串部の修めた柳剛《りゅうごう》流は臑刈《すねが》りを本旨《ほんし》としているため、刈りやすいように両刃に仕上げた特注の逸品《いっぴん》であった。質草にする気などさらさらないし、将来金に困っても、おそらくは手放さぬであろう愛刀にまちがいなかった。

「質入れにまいったのではない。質流れの掛け物を探しておる」

「ほっ、さようで」

主人が眉を顰《ひそ》めるので、串部はぐいっと胸を張った。

「わしは公儀《こうぎ》毒味役を司《つかさど》る矢背家の用人、串部六郎太である。大奥さまに命じられてまいったのだ」

「矢背家の大奥さまの御用事で。これはこれは、御無礼つかまつりました。大奥さまには毎年、お世話になっております。もう、何年も前のおはなしですが、はじめて粟田口国綱《あわたぐちくにつな》の銘《めい》がはいった薙刀をお持ちになられたとき、けら首に近い白刃《はくじん》の平地《ひらじ》に拭いきれぬ血曇《ちぐも》りをみつけたゆえ、恐る恐る由来をお尋ねしたところ、大奥さまは『生臭坊主のひとりやふたり、撫《な》で斬《ぎ》りにしたのやも』と仰《おっしゃ》り、豪快に笑われました。何でも、洛北《らくほく》の八瀬《やせ》に居を構えたご先祖は、天子《てんし》様の御輿《おこし》を担ぐたいせつなお役目を帯びた方々にほかならず、何代にもわたって祠《ほこら》に鬼を祀《まつ》られ、しかも、隣り合う比叡山延暦寺《ひえいざんえんりゃくじ》の僧たちに恫喝《どうかつ》されても怯《ひる》まず、生活《たつき》の糧《かて》となる里山の伐採権を守ってこられたのだとか」

「すべて真実《まこと》だが、国綱の血曇りが生臭坊主のものとはかぎらぬぞ」

「えっ、どういうことにござりましょう」

「大奥さまはな、雄藩《ゆうはん》から請《こ》われて薙刀を指南なされたほどのお方ゆえ、巷間《こうかん》を騒がす物盗《ものと》りの首をひとつやふたつ薙《な》いでおったとしても不思議ではない。もしかしたらあれは、存外に新しい血曇りやもしれぬということさ」

「……ご、ご冗談を」

「ふん、冗談だとおもうなら、直《じか》に伺ってみるがよい。口の利《き》き方次第では首を失うやもしれぬが、その覚悟があるならな」

「ひぇっ」

首を縮めた主人の肩越し、大黒柱に刺さった五寸釘から無造作に吊りさげられた掛け軸の一字に、串部は目を吸いよせられた。

墨で濃く「石」とある。

主人は、こほっと空咳《からぜき》を放った。

「さっそく、お目に留まりましたか」

「ふむ」

「夢窓疎石《むそうそせき》にござります」

「まことかよ」

「嘘偽りではござりませぬ。じつに、伸びやかな筆跡《て》にござりましょう。禅における石は、仏の教えや先人の知恵や世間の常識から離れた何事にもとらわれぬ心持ちをあらわすのだとか。ご存じのとおり、夢窓疎石は臨済《りんざい》宗の総本山たる南禅寺《なんぜんじ》の住持《じゅうじ》をつとめ、天子様から国師《こくし》の称号を賜《たまわ》ったほどの高僧にござります。希代《きたい》の作庭家《ていか》として、また、能書家《のうしょか》としても遍《あまね》く知られておりますが、石とだけ書かれた掛け軸を拝見したのは、手前も生まれてはじめてのこと。この商売をやっておらねば出会う機会もなかったわけでして、まさしく、五二屋冥利《みょうり》に尽きると申しても過言ではござりませぬ」

欲しいと、心の底からおもった。

串部の気持ちを読み切ったかのように、主人は先手を打つ。

「残念ながら、売り物ではござりませぬ」

「さようか。ならば、流れるまで待たせてはもらえぬか」

「無理でしょうな。何せ、お持ちになったお方から『流したら斬る』と、釘を刺されましたゆえ」

預けたのは侍なのか。

「困ったな」

「どうしてもと仰るなら、直談判《じかだんぱん》なさるしかありますまい」

直談判が通用しそうな相手なら、今すぐに伺ってもよい。

「住まいは何処《どこ》だ」

「近々、引っ越してこられるそうですよ。あのあたりに」

五二屋はにやりと笑い、中根坂を見上げるような仕種《しぐさ》をした。

「御納戸町へ引っ越してくるのか」

「いかにも。されど、それ以上は申せませぬ。何せ、お客様の素姓を喋《しゃべ》らぬのが商売の鉄則ゆえ」

「わかった、わかった。こっちで持ち主を捜してみよう」

踵《きびす》を返して去りかけると、すかさず呼びとめられた。

「串部さま、お待ちを」

「ん、何だ」

「夢窓疎石ならば、もう一幅《いっぷく》ございます」

「ほう、みせてもらえるのか」

「もちろんにございます。串部さまは目利きであられるようなので」

「ふん、持ちあげるな」

まんざらでもない顔で待っていると、主人は奥の部屋から丸めた軸を携えてくる。

さっそく、床に広げてみせた。

「ほう」

――別無工夫。

と、伸びやかな草書で書かれている。

「別に工夫なし。あれこれ考えず、ただ一心不乱に今を生きるべし、とでもいった意味でしょうか」

「まちがいなく、本物だな」

「よく、おわかりで」

「いくらだ」

「五十両と申しあげたいところですが、いかほどでもけっこうです」

驚いた。

「それはまた、どうして」

「故買品《こばいひん》なのでござります」

「盗人が持ちこんだと申すか」

「買わねば命を貰《もら》うと短刀を翳《かざ》され、仕方なく……故買品を買ったことがご公儀の知るところとなれば、表の看板を外さねばなりませぬ」

「厄介払《やっかい》いをしたいわけだな」

「仰るとおりで」

「無理だな」

「やはり、無理でしょうな」

がっかり項垂《うなだ》れる主人の肩を叩いてやりたくなった。

「故買品を買って帰れば、わしが素《そ》っ首《くび》を飛ばされるやもしれぬ」

「なるほど、浅はかにござりました。手前も国綱の餌食《えじき》にだけはなりとうござりませぬゆえ、このおはなしはお忘れください」

「ふむ、そうしよう」

串部は五二屋に背を向け、ついでに将棋の駒をくるりとまわす。

「ふっ、金になり損《そこ》ねたな」

見上げた空に低く垂れこめるのは雪雲か、串部は後ろ髪を引かれるおもいで中根坂を戻りはじめた。

二

昨夜、毒味をおこなう夕餉《ゆうげ》の膳には鶴が供された。

公方家慶が暮れに寛永寺《かんえいじ》北東の三ノ輪《みのわ》村へ鷹狩りに向かい、近習《きんじゅう》に仕留めさせたうちの一羽だという。公方みずから放った鷹に獲らせた御拳《おこぶし》の鶴は、羽を毟《むし》って塩漬けにしたのち、洛中御所の仁孝《にんこう》天皇へ献上された。

香草といっしょに蒸しあげた鶴の肉を、蔵人介は自前の竹箸で摘《つま》んだ。一片を口に入れると香ばしさが広がったものの、味のほうは淡泊で鴨《かも》や鴫《しぎ》よりも脂肪が少ない。もちろん、美味いかどうかの判断などする必要はなく、舌先の感触で毒の有無を調べることだけに神経を注いだ。

中奥笹之間《なかおくささのま》での相番《あいばん》は、子だくさんで気の弱い逸見鍋五郎《はやみなべごろう》であった。

鶴の味はどうかと聞かれたので、差しださせた掌《て》のうえに肉をひとかけら置いてやった。これまでになかったことゆえか、逸見は蔵人介が心を許したものと勘違いし、感動の涙すら浮かべながら肉を咀嚼《そしやく》し、ごくっと呑みこんでひとこと「不味《まず》うござる」と、正直に漏らした。

公方が口にする鶴を「不味い」と言っただけで、腹を切らされる理由にならぬともかぎらない。自重《じちよう》せよと目顔《めがお》で叱りつけると、逸見は亀のように首を縮めた。

鶴を食った毒味役が亀になり、その場は何事もなくおさまったが、やはり、いつもとちがうことはせぬほうがよいと反省しつつ、ともかくも役目を済ませ、宿直《とのい》が明けて朝餉の毒味もおこない、蔵人介はどうにか無事に御城をあとにした。

外桜田《そとさくらだ》御門の外で待っていた串部は、あいかわらず眠たそうな面《つら》をしていた。主人が御門を潜ったことにすら気づかぬ様子だったので、たまには意地悪をしようとおもい、声も掛けずに通りすぎた。

うっかり者の串部ゆえ、四半刻《しはんとき》(三十分)もすれば血相を変えて追いかけてくるだろう。そのときに、叱ってやればよい。

蔵人介は濠端《ほりばた》に沿って半蔵御門《はんぞうごもん》まで向かい、さらに、武家屋敷の錯綜《さくそう》する番町《ばんちょう》を突っ切り、市ヶ谷御門を通り抜けて濠を渡ったあとは、右手の浄瑠璃坂《じょうるりざか》へ足を向けた。曇天《どんてん》を見上げながら、勾配《こうばい》のきつい坂道を上りきり、辻をいくつか曲がったさきに御納戸町がある。

手狭な平屋が並ぶ町の一角まで戻ると、何やら隣が騒がしい。

「引っ越しか」

雇われた小者《こもの》たちが、大八車から家財道具をおろそうとしている。

差配役は襷《たすき》掛けの老婆で、年恰好は志乃に近い。

おそらく、当主の母親であろう。

蔵人介は、しばし足を止めて作業を眺めた。

隣家への思い入れは格別に強い。矢背家の養子に迎えた卯三郎《うさぶろう》が、幼いころから住んでいた屋敷だ。そもそも、卯三郎は納戸《なんど》払方《はらいかた》をつとめる隣家の部屋住みだった。父の役目を継いだ兄は上役の不正に加担できずに気鬱《きうつ》となり、身近で面倒をみていた母を殺《あや》めて自刃《じじん》した。

父は悲嘆に暮れながらも、兄の仇《かたき》を討つべく上役の屋敷へ乗りこみ、返り討ちにされてしまった。家は改易《かいえき》となり、天涯孤独となった卯三郎が不幸のどん底を味わっていたとき、蔵人介が救いの手を差しのべてやったのだ。

卯三郎には剣術の才があり、物に動じぬ胆力《たんりょく》と毒味の厳しい修行にも負けぬ忍耐力を兼ねそなえていた。実子の鐵太郎《てつたろう》が医術を修めるべく大坂《おおさか》へ向かったこともあり、志乃や妻の幸恵《ゆきえ》ともよくよく相談したうえで、卯三郎を矢背家の養子に迎えることに決めたのである。

「あれから四年近く……」

血塗られた凄惨な出来事があってから、長らく廃屋も同然になっていた。そうした曰《いわ》くのある隣家へ住もうという物好きは誰なのか。もちろん、上役の命で引っ越しを余儀《よぎ》なくされたのだろうが、理由はどうあれ、興味が湧かぬはずはない。

「中村平九郎《なかむらへいくろう》さまにござりますよ」

嬉々《きき》として告げるのは、わざわざ冠木門《かぶきもん》から出てきた志乃であった。

幸恵もすぐ後ろに控えている。

「ご丁寧にも、中村さまご本人と御母堂《ごぼどう》の町《まち》さま、そして御妻子まで揃《そろ》っておみえになり、ご挨拶を頂戴しました」

ふたりの嬉しそうな顔をみれば、たちどころにわかった。隣人は、よほどよい手土産を携えてきたのだろう。

「大久保主水《おおくぼもんと》の煉《ね》り羊羹《ようかん》にござりますよ」

「義母上《ははうえ》、煉り羊羹だけではござりませぬ。百川《ももかわ》の乾板《かしいた》までいただきました」

「それよそれ」

乾板は昆布の隠語で、特別に乾かして味噌漬けにしたものをさす。

「幸恵さんの申すとおり、百川の昆布は三年もじっくり寝かせて作りあげるお品とか。滑らかな昆布を細切りにして、熱々のご飯にのっけて食べたら、さぞかし美味《うま》かろう。のう、幸恵さん」

「はい」

蔵人介は聞き役に徹しながらも、口中に溜まった唾を呑みこんだ。

熱々のご飯に味噌漬けの昆布、なるほど、さぞかし美味かろう。日本橋《にほんばし》の浮世小路《うきよこうじ》にある『百川』の乾板ならば、一度だけ食したことがある。春先、魚河岸《うおがし》で最高値のついた蝦夷《えぞ》産の昆布を仕入れ、熟成した味噌に漬けこんで三年寝かせれば、琥《こ》珀《はく》色に光る肉厚の味噌漬け昆布ができあがる。これを一枚ずつ慎重にたたんで凧糸で十字に縛り、上客への土産として持たせるのだ。

舌の肥えた文人墨客《ぶんじんぼっかく》たちに「死に目に食いたい」と言わせるほどのものと聞いていたが、噂に違《たが》わぬ絶品の味わいであった。

されど、蔵人介は内心で首をかしげるしかない。

御納戸町へ引っ越してくる者の役料《やくりよう》はたかが知れているので、一流の茶屋で上客にしか配らぬ土産を携えてこられるはずがないからだ。

「養母上、中村どののお役目は」

「たしか、挑燈《ちようちん》奉行と申しておったな」

「挑燈奉行」

城内で使用する挑燈の管理をする。目付《めつけ》配下の閑職で、役料は百俵にも満たない。

それを聞けば、いっそう首をかしげたくなる。

隣家の表口から、当主らしき人物があらわれた。

蔵人介と同様に丈《たけ》は高いが、細木のごとく痩《や》せているせいか、手足がやけに長くみえる。顔色は今日の空に近い灰色で、肺を病んだ者のように眸子《まなこ》が落ち窪んでいた。

「矢背蔵人介さまであられますか」

中村は猫背の恰好で近づき、丁寧にお辞儀をする。

妻子らしきふたりが、慌《あわ》てた様子で小走りに駆けてきた。

「それがしは中村平九郎、妻の蓮《れん》と十になった嗣子《しし》の平吉《へいきち》にござります」

ぺこりと礼をする息子は顔もからだもふっくらしており、父親と似ているところがひとつもない。どことなく所帯窶《やつ》れしてみえる母親とも似ておらず、血の繋《つな》がりがあるのかどうか、正直、蔵人介は疑ったほどだ。

「おやおや、あらたまって何ですか」

志乃が三人に笑いかける。

「隣人の誼《よしみ》にござります。何かわからぬことや困ったことがおありなら、遠慮せずにいつでもお声をお掛けくださいな」

屈託《くったく》のない物言いのおかげで、三人はようやく緊張を解いた。

「それがし、お城の挑燈奉行を仰せつかっております。矢背さまのお噂なら、かねがね聞きおよんでおりました。『毒味役は毒を啖《くろ》うてこそのお役目』と仰り、上様の鬼役としてのお覚悟を常日頃から身をもってしめされておいでとか」

「さようなことば、誰かに言ったおぼえはないがな」

機嫌を損ねつつも、言いふらした者の顔を頭に浮かべていた。

相番の逸見鍋五郎にちがいない。役目に就いた初日、鬼役の覚悟を教えるにあたり、蔵人介は先代の養父信頼《のぶより》から告げられたことばを発した。

——毒味役は毒を啖うてこそのお役目。河豚《ふぐ》毒に毒草に毒茸《きのこ》、なんでもござれ。

死なば本望《ほんもう》と心得よ。

滅多《めった》なことでは口にできぬ遺言だとおもっている。

「矢背さまこそ、鬼役のなかの鬼役。しかも、幕臣随一の遣い手なのだと伺いました。修められた流派は、田宮《たみや》流の抜刀《ばっとう》術であられましょうか。いや、まことに羨《うらや》ましい。それがし、剣術のほうはからっきしで」

中村は月代《さかやき》を指で掻《か》き、挨拶代わりに用意していたらしき内容を喋りきった。

素直な言いまわしに好感を持ったのか、志乃と幸恵は満足げにうなずいている。

するとそこへ、息を切らして駆けこんでくる者があった。

串部だ。

「殿、置いてけぼりはご勘弁願います」

つくった泣き顔のまま、大八車のほうへ目をやった。

「おや、引っ越しにござるか」

惚《とぼ》けたように漏らし、中村と妻子に気づいて驚く。

「やや、こちらがご隣人……あっ、もしや、夢窓疎石の」

言いかけた従者の襟首を、蔵人介が後ろから摑《つか》んで引き寄せた。

「ぬぐっ……く、苦しゅうござる……と、殿」

串部は息も絶え絶えになり、志乃から恐い目で睨《にら》まれた。

蛇に睨まれた蛙のごとく、押し黙ってしまう。

助け船を出したのは、中村であった。

「ご用人、夢窓疎石がどうかなされたか」

「いえ、その……」

質屋での経緯《いきさつ》をまだ誰にも告げておらず、串部はお茶を濁そうと必死になる。

怪しんだ志乃に、おもいきり尻を抓《つね》られた。

「夢窓疎石がいかがした。串部、正直におこたえせよ」

「……は、はい、ならば申しあげまする。それがし、中根坂下の五二屋にて、夢窓疎石の見事な掛け物をみつけました。できれば、それを大奥さまにお持ち申しあげられぬものかと。持ち主の姓名所在は教えてもらえませなんだが、何でもそのお方は近々に御納戸町へ引っ越してこられるとの由《よし》。それゆえ、もしやとおもい、夢窓疎石の名を口走った次第にござります」

「ふん、くどくど抜かしおって、この唐変木《とうへんぼく》が」

志乃は悪態を吐《つ》きつつも、中村のほうへ顔を向ける。

「して、身におぼえはござりましょうか」

「ござります」

あっさり応じた中村の顔色が、一段と暗くなる。

「今は亡き養父の遺品にござる。恥を顧《かえり》みずに申しあげれば、年越しの費用を賄《まかな》うための質草《しちぐさ》にいたしました」

「さようでしたか。なに、恥ずかしがることなど微塵《みじん》もない」

志乃はさっと身を寄せ、中村の両手を取ってしっかり握る。

「わたくしとて、何度となく五二屋へ足を運びました。とても、他人事《ひとごと》とはおもえませぬ。隣人同士、助けあってまいりましょう」

「ありがたきおことばにござります」

前のめりな志乃にしたがい、蔵人介も仕方なく頭《こうべ》を垂れるしかなかった。

中村のほうには、いつのまにか母親もくわわり、四人で深々とお辞儀をする。

そして、背を向けても振りかえっては頭を下げ、引っ越しの作業へ戻っていった。

串部は安堵《あんど》の溜息を吐くなり、志乃に棘《とげ》のある口調で糺《ただ》される。

「夢窓疎石の掛け物、何と書かれてあったのじゃ」

「『石』と書かれてござりました」

「一文字か」

「はい」

観てみたいと、志乃はおもったにちがいない。

「ご覧になれば、きっと欲しいとおもわれますぞ」

串部は気を取りなおし、ふふんと偉そうに笑ってみせる。

それにしても、『百川』の昆布といい、養父の遺《のこ》した夢窓疎石の書といい、挑燈奉行にはそぐわぬものばかりだ。が、ともあれ、夕餉の膳に出されるであろう乾板を楽しみに待とうとおもい、蔵人介は年季のはいった冠木門を潜りぬけた。

三

七日朝、家々では門松を抜き、十五日までは抜き跡へ梢《こずえ》を折って挿《さ》しておく。矢背家では注連縄も外し、暮れからお世話になった正月道具ともども、庭で焚《た》いた落ち葉のなかで焼いた。

通りを散策すれば、家の勝手につづく格子《こうし》窓から庖丁《ほうちよう》や擂粉木《すりこぎ》で俎板《まないた》を叩く音が聞こえてくる。軽快な音に合わせて、女房たちが「七草《ななくさ》なずな、唐土《とうど》の鳥が日本の土地へ渡らぬ先に」と歌いながら、七草粥《がゆ》の仕度をしているのだ。「唐土の鳥」

とは人の魂を消滅させる姑獲鳥《うぶめ》のことらしく、夜目《よめ》の利く姑獲鳥は人の爪を食べるために軒下を覗《のぞ》きにくるという。

幼子にも歌って聞かせる「芹《せり》、なずな、ごぎょう、はこべら、ほとけのざ、すずな、すずしろ」といった春の七草を入れて作る粥には、魔除《まよ》けや邪鬼祓《じゃきばら》いの意味合いもあるのだろう。

城内においても、公方の朝餉には七草粥が供された。御膳所《ごぜんしょ》の庖丁方は縁起を担ぎ、俎板を庖丁で叩きながら声を合わせて「七草なずな……」と歌ったにちがいない。

蔵人介は午過《ひるす》ぎから出仕《しゅっし》したので、庖丁方の歌は耳にしていなかった。

今は笹之間で居ずまいを正し、夕餉の毒味に取りかかっているところだ。

小納戸《こなんど》役の配膳方が、まずは六寸ほどの切子《きりこ》小皿を運んでくる。

「ほほう、玻璃《はり》の小皿とは正月らしゅうござるな」

相番の逸見鍋五郎が、さっそく身を乗りだしてきた。

玻璃の小皿は膳のうえにいくつか並んでおり、白身の魚と雲丹《うに》を練りこんで蒸した黄金《こがね》色の雲丹蒲鉾《かまぼこ》や、鶉《うずら》肉の擂《す》り身《み》に白胡麻を混ぜた鶉蒲鉾、長芋を花形に切って紅白の甘酢に漬けた紅白花形薯蕷《しょよ》や、固めに茹《ゆ》でた牛蒡《ごぼう》に炒《い》った白胡麻豆腐を和《あ》えた牛蒡豆腐和え、海老の寄せものや椎茸《しいたけ》のしんじょなども見受けられた。

「ひとりあたま二百疋《ぴき》はする高価な茶屋では、さような玻璃の小皿が使われていると聞きます。矢背どのは、磯ぜせりなることばをご存じか。遊興に長《た》けた通人が素《しろ》人《うと》の町娘を誘い、高価な茶屋で逢瀬《おうせ》を楽しむことだとか。ふふ、子だくさんの貧乏旗本には夢のまた夢、まことに羨ましいはなしにござる」

目で斬りつけてやると、逸見は途端に口を噤《つぐ》んだ。

蔵人介は自前の竹箸を取り、鼻と口を懐紙で隠す。

箸を右手で器用に動かし、小皿の中身を少しずつ摘んでは口に運んだ。このとき、睫毛《まつげ》の一本でも皿に落ちたら、叱責《しっせき》どころでは済まされない。料理に息がかかるのも不浄とされ、一連の動作をいかに素早く正確におこなうかが、鬼役の腕のみせどころとなる。

すっと背筋の伸びた蔵人介の所作《しょさ》は、あいかわらず溜息が出るほど美しい。見慣れているはずの逸見も、おもわず生唾を呑みこむほどだった。

相番が喉仏を上下させているあいだに、今度は酒膳が持ちこまれてくる。

吸い物の実は鯛《たい》の皮付きしんじょ、甘鯛《あまだい》の擂り身におろした長芋を合わせたものだ。

蔵人介は塗りの椀を静かに取り、音も無く汁を啜《すす》ってみせる。

味付けは絶妙な塩梅《あんばい》で、毒気はわずかも感じられない。

ことりと椀を置き、つぎに箸を付けるべき酒菜《さかな》には、鯉《こい》ぬた、鮹《たこ》の柔らか煮、烏賊《いか》の味噌煮、紫蘇《しそ》巻き細魚《さより》、焼き塩辛などが所狭しと膳に並んでいる。いずれも酒好きの家慶お気に入りの品々だが、なかでも「笋干《しゅんかん》」と呼ばれる筍《たけのこ》の煮物は御膳所でも絶品と評判の一品にほかならない。

「雪深い孟宗竹《もうそうちく》の藪《やぶ》に分け入り、苦労して掘りだした若筍だとか」

逸見が受け売りの蘊蓄《うんちく》を述べても、蔵人介は眉ひとつ動かさない。

ほとんど瞬《まばた》きをしない切れ長の眸子と真一文字に結ばれた唇《くち》もと、鼻筋の通った端整《たんせい》な容貌《かお》からは何ひとつ感情が伝わってこなかった。

白磁《はくじ》の盃を取り、ひと肌に燗《かん》した灘《なだ》の酒を舐《な》める。

もちろん、酒や笋干の味を吟味している暇はない。

すぐさま襖《ふすま》が開き、一汁五菜の本膳が運ばれてきた。

膾《なます》は鮑《あわび》の笹作りに糸赤貝《いとあかがい》、白髪《しらが》大根や塩椎茸などが添えてある。白身魚は真鯛。弥生《やよい》時分の桜鯛より色味は薄いものの、まんなかに青い側線が鮮やかに引かれていた。まちがいなく、納屋《なや》役人が魚河岸で仕入れた本日一の真鯛であろう。三枚におろした刺身を煎《い》り酒に付けて食せば、公方のほっぺたも落ちるにきまっている。

なお、煎り酒は土鍋に酒一升を入れ、梅干しひと握りと削った鰹節《かつおぶし》をたっぷりくわえて強火で煮る。酒一升が五合に煮詰まったら火を止めて布で濾《こ》し、濾し汁に焼き塩を少しずつくわえ、淡い醬油ほどの塩梅に仕上げる。こうした付けだれの作り方まで、蔵人介は容易に反芻《はんすう》できた。

薬味には伊豆天城《いずあまぎ》産の山葵《わさび》が添えてあり、けんには九年母《くねんぼ》や葉付き金柑《きんかん》なども見受けられる。鯛は月ごとに味を変え、正月の鯛には引きしまった若々しい味わいがあり、毒の見分け方も秋から冬に供される脂肪《あぶら》の乗りきったものとはあきらかにちがう。

蔵人介は素早く刺身を食し、芽独活《めうど》の汁を吸ったかとおもえば、奈良漬けの瓜や粕漬けの茄子《なす》を齧《かじ》った。さらに、鴨肉の煮物や椀盛りの玉子しんじょなどを毒味したあと、備長《びんちょう》炭で炊いた甘味の濃い「播磨米《はりまよね》」を口に入れた。「播磨米」は明石《あかし》藩からの献上米で、大坂の米市場で「極上」と評価されたものらしい。

ともあれ、蔵人介は流れるような所作で毒味をこなす。

若い配膳方は、阿吽《あうん》の呼吸で一ノ膳をさげていった。

毒味を終えた膳は隣部屋の替え鍋で温めなおすなどしたのち、梨子地金蒔絵《なしじきんまきえ》の懸《かけ》盤《ばん》に並べかえ、公方の待つ御小座敷《おこざしき》へ運ばれていく。御膳所の東端に位置する笹之間からは遠く、配膳方は長い廊下を足早に渡っていかねばならない。

懸盤を取りおとしでもしたら、首が飛ぶ。

滑って転んだ拍子に汁まみれとなり、味噌臭い首を抱いて帰宅した若輩者も幕初の頃にはあったらしい。

膳に関わる者たちは、常々、不測の事態に備えておかねばならない。気の弛《ゆる》みは失態に繋がりかねず、誰よりもそのことを熟知している蔵人介は、毒味御用を命懸けのお役目と心得ていた。

刺客《しかく》となって潜りこんだ相番が毒を盛ったときは言うにおよばず、看破《かんぱ》できぬ粗《そ》相《そう》をしたときは、その場で斬り捨ててもよいものとされている。無論、みずから毒を啖《くら》うこともあった。鬼役とは、かほどに厳しく難しい役目なのである。

衣擦《きぬず》れの音とともに、配膳方が恭《うやうや》しく二ノ膳を運んできた。

平皿は蒸し平目《ひらめ》と巻き海老、汁は鯛の背切《せぎり》に水芝海苔《みずしばのり》と切霜《きりしも》昆布、猪口《ちょく》は練り鱲《から》子《すみ》に氷梅《こおりうめ》、七子《ななこ》烏賊や鴨麩《かもふ》などもある。硯蓋《すずりぶた》には平良木《たいらぎ》の照り煮やはんぺんや吹《ふき》寄《よせ》たまごなど、鉢には蓼酢《たです》で食べる子持ち鮎《あゆ》なども盛られていた。

それらを滞りなく毒味したあとは、いよいよ尾頭《おかしら》付きの焼き物が出されてくる。

やはり、魚は甘鯛であった。骨取りは鬼役の鬼門《きもん》と目され、魚のかたちをくずさずに背骨を抜き、箸先で丹念に小骨を除いていかねばならない。頭、尾、鰭《ひれ》の形状を保ったまま骨抜きにするのは、熟練を要する至難《しなん》の業《わざ》だ。

蔵人介は顔色ひとつ変えず、易々《やすやす》と骨取りを済ませていった。

こうして最大の難関を乗りこえたら、あとは落雁《らくがん》や水菓子《みずがし》を毒味し、ようやく役目は終わりとなる。

すかさず、逸見が持ちあげた。

「ご苦労さまにござりました。いやあ、さすが矢背どの、所作に一分《いちぶ》の隙《すき》もござらなんだ」

応じるのも面倒なので、蔵人介は眸子を瞑《つむ》る。

逸見は勝手に喋りつづけた。

「浮世小路の百川では、帰る客に用い流しの小挑燈を持たせるのだそうです。通人は得でござるなあ。謡《うたい》に声色に口先だけの遠慮、手前味噌の自慢話に情夫《いろ》のいる芸妓《げいぎ》、暮らし向きのはなしや世間への愚痴、見栄っ張りにうぬぼれ、嫌味や言いがかりを喋る輩《やから》……いったい、何だとおもわれます。ぐふふ、酒席で嫌われるものだそうで」

禅僧のごとく黙っていると、逸見はふいに話題を変えた。

「百川の挑燈と申せば、挑燈奉行の中村平九郎どのがお隣に引っ越してこられたとか。中村どのは婿養子でしてな、旧姓は天祐《てんゆう》と仰るそうです」

「天祐か」

「めずらしい姓にござりましょう。何処《どこ》のお生まれかは存じませぬが、いずれもご本人から伺ったはなしゆえ、たしかでござる。じつは、薬研堀《やげんぼり》で釣り糸を垂れておったら、偶《たま》さか中村どのが隣に座っておられました。おたがい釣果《ちょうか》もない坊主同士、はなしもたいして弾まぬなか、それがしのほうから身分素姓《すじょう》を打ちあけたところ、中村どのもぼそぼそとおはなしになりましてな。中村家は三千石《ごく》を超える御大身《ごたいしん》で、数年前に病で亡くなったご先代は詩歌《しいか》や書を能《よ》くする教養人であられたとか」

合点《がてん》がいった。教養人でもあった先代が書画骨董を蒐集《しゅうしゅう》し、浮世小路の『百川』へも通いつめていたのかもしれない。

「ところが、これは別のところから仕入れた噂にござりますが、中村どののご先代は公金横領の疑いを掛けられ、知行召上《ちぎょうめしあげ》の沙汰《さた》を受けて没落したと聞きました。表沙汰にしてはならぬことのようで、よくよく聞けば罪状露見のきっかけになったのは、目安箱《めやすばこ》の訴状であったとか」

罪状の真偽は別にしても、讒訴《ざんそ》されたことが評定《ひょうじょう》で取り沙汰され、火のない所に煙は立たぬとの指摘を受けた。

「ご先代は潔く身を引き、降格を受けいれたとも聞きました、運のないはなしにござるが、さような事情もあって、蓮どのと仰る一人娘は嫁ぎ先から我が子ともども出戻っておられた。そこへ、天祐平九郎どのが隙間を埋めるがごとく、婿入りしたというわけでござる」

逸見のはなしを聞き、平吉という子の顔が父と少しも似ておらぬ理由もわかった。

「ただし、平九郎どのご自身については、よくわかりませぬ。以前から挑燈奉行であられたのかどうかすらも。ともあれ、御目付《めつけ》の三宅采女丞《みやけうねめのじょう》さまに目を掛けられ、今からちょうど二年前に、三宅さまのご媒酌《ばいしゃく》で中村家と縁を結んだとのこと。近いうちに御徒町《おかちまち》の組屋敷を出て、浄瑠璃坂上の御納戸町へ引っ越されると仰ったので、どのあたりか伺ったところ、何と驚くべきことに、鬼役を仰せつかった御仁《ごじん》の隣だと仰る。それで、矢背どののことをひとしきりご紹介申しあげた次第。それにしても、さような偶然がまことにあるのですなあ。世の中とは、まこと狭いものでござる」

何故、毒味を終えた笹之間で、これほど隣人のことを詳しく知らねばならぬのか。

逸見は屈託なく笑ってみせるが、蔵人介の胸中には凶兆を報《しら》せる暗雲が垂れこめていった。

四

翌日、宿直明けから午過ぎになって下城し、串部とともに千鳥ヶ淵《ちどりがふち》の濠端を歩いていると、何処からともなく女性の唱える華厳経《けごんきよう》が聞こえてきた。

「一即一切《いっそくいっさい》、一切即一、一入《いちにゅう》一切、一切入一……」

行く手の半蔵濠から、若い尼僧《にそう》が影のように近づいてくる。

「殿、里《さと》にござりますぞ」

「ふむ、そのようだな」

鬼役の正体を知るくノ一、にほかならない。

さては、密命が下されるのかと、主従は身構えた。

妖艶《ようえん》な尼僧は踵《きびす》を返し、半蔵濠から桜田濠へと誘うように進んでいく。

蔵人介は仕方なく足を向けつつ、養父信頼《のぶより》のことばをおもいだしていた。

——幕臣どもの悪事不正を一刀両断のもとに断つべし。

毒味御用の心構えといっしょに託された遺言である。

矢背家の養子となった以上、困難な役目を引きうけねばならぬ。拒むことを許されぬ困難な役目とは、暗殺御用であった。正義に名を借りた人斬りではないかと、当初は自問自答もしたし、反撥《はんぱつ》や躊躇《ためら》いもあった。が、次第に慣れていった。裁かれずに放置された悪党奸臣《かんしん》が、世の中にはかならずいる。そのことが痛いほどにわかったからだ。

「邪智奸佞《じゃちかんねい》の輩を天にかわって成敗せねばならぬ。それこそが鬼役の使命と、心にしっかり刻むのじゃ」

暗殺御用は数代を経て父から子へと受けつがれ、蔵人介は今、養子の卯三郎にその使命を受けつがせようとしている。鬼役の正体をほかに知る者は従者の串部しかおらず、志乃や幸恵も与《あずか》りしらぬことになっていた。

一方、蔵人介に密命を下す者は入れ替わり、今の如心尼《じょしんに》で三人目になる。ひとり目の若年寄《わかどしより》は不正に手を染めたことが発覚したため、蔵人介が引導《いんどう》を渡してやった。十年以上もむかしのはなしだ。上役不成敗《ふせいばい》の禁を破ったが、後悔はしていない。密命を下す者に情を抱いてはならぬという教訓を得た。

ふたり目の橘《たちばな》右近《うこん》は御小姓組番頭《おこしょうぐみばんがしら》を長くつとめ、家斉《いえなり》と家慶の二代にわたって忠誠を尽くし、幕府に仇《あだ》なす奸臣を秘かに葬るべく、蔵人介に命を下しつづけた。

ところが、一昨年の長月《ながつき》二十三日、おのれの信念を曲げずに老中首座の水野越前《みずのえちぜんの》守忠邦《かみただくに》に抗《あらが》い、内桜田御門の門前で自刃《じじん》を遂《と》げた。

橘の望みで介錯《かいしゃく》を余儀なくされたときの辛さを、蔵人介は忘れることができない。

腰に差した長柄刀《ながつかとう》は、出羽《でわ》国山形《やまがた》藩六万石を統《す》べる秋元《あきもと》家の殿さまから下賜《かし》された粟田口国吉《あわたぐちくによし》であった。「鳴狐《なきぎつね》」とも通称されるこの愛刀でもって、橘の首を落としたのだ。

爾来《じらい》、密命から逃れたい気持ちとの相剋《そうこく》に悩んでいた。

元大奥《おおおく》老女の如心尼が新たな主人と知りながらも、密命に背《そむ》きたくなるのは癒《い》やせぬ傷を負ったからだ。役目と割りきるべきだと頭ではわかっていても、いざというとき、気持ちがともなわぬこともあった。

「危ういな」

命を落とすまえに、身を引いたほうがよいかもしれぬ。

しかし、それができるくらいなら、疾《と》うのむかしに身を引いていた。

以前、橘に言われたことがある。

「おぬしに命《めい》を拒むことはできぬ。地獄の門番と鬼役だけは、役目を降りることができぬのだ」

と、からかい半分に言われ、妙に納得させられてしまった。

皀角河岸《さいかちがし》の右手には井伊掃部頭《いいかもんのかみ》の上屋敷、そのさきには安芸広島《あきひろしま》藩を治める浅野《あさの》家の上屋敷がつづいている。尼僧に身を窶《やつ》した里は外桜田御門の南詰めを突っ切り、日比谷《ひびや》濠に沿って滑るように進んでいった。

右手には出羽国米沢《よねざわ》藩を治める上杉《うえすぎ》家と長門《ながと》国萩《はぎ》藩を領する毛利《もうり》家の上屋敷がつづき、目と鼻のさきには日比谷御門が迫っている。

毛利屋敷を過ぎたところで、里のすがたはふいに消えた。

急いで追わずとも、行く先はわかっている。

たどりついてみると、堂々たる唐門《からもん》を備えた桜田御用屋敷があった。

「何やら、久方《ひさかた》ぶりのような気がいたします」

かつて将軍の側室《そくしつ》だった「おしとねすべり」と呼ばれる大奥女中たちが、広大な敷地内で隠居後の余生を送っている。今は亡き将軍の菩提《ぼだい》を弔うべく、落飾《らくしょく》した者が多いとも聞いた。身分の高い者はお付きの者も連れているので、何棟にも分かれた屋敷内で暮らす女官の数は多く、巷間では「城外の大奥」とすら称されている。

如心尼は「城外の大奥」を束ねる差配者でもあった。大納言池尻暉房《だいなごんいけがみてるふさ》の娘として京に生まれ、家慶の正室として十で江戸入りを命じられた喬子《たかこ》女王の世話役となった。長らく喬子女王を支えつづけてきたが、今から六年前に家慶が将軍になると、将軍付きの上臈御年寄《じょうろうおとしより》に昇進した。「万里小路局《までのこうじのつぼね》」と呼ばれ、三年近くも大奥の筆頭老女をつとめ、喬子の薨去《こうきょ》にともなって落飾したのである。

惜しまれつつ桜田御用屋敷へ移ってからも、大奥女中たちから「までさま」と親しげに呼ばれ、大奥を牛耳《ぎゅうじ》る姉小路《あねがこうじ》でさえも逆らえぬ人物なのだという。

されど、いかに身分の高い相手であっても、理不尽な命を受けるわけにはいかない。

蔵人介は口を真一文字に結び、門番のいない唐門を潜った。

白装束を纏《まと》った里のかたわらには、右腕の無い猿顔の従者が佇《たたず》んでいる。

「お待ち申しあげておりました」

「小籔半兵衛《こやぶはんべえ》か」

里と同じく、如心尼に仕《つか》える忍びであった。数年前までは名古屋《なごや》城の御土居下同《おどいしたどう》心《しん》だったが、与えられた役目を果たすことができずに逃亡し、如心尼のもとで仕えるようになった。ところが、ひょんなことから主家筋の元支配に遭遇し、激闘のすえに右腕を失ったのだ。

隻腕《せきわん》となっても、五体に殺気を漲《みなぎ》らせている。

里も「夜舟《よぶね》」というふたつ名を持つ刺客であった。

密命にしたがっているうちは味方だが、抗えばその場で敵にまわる。

油断のない様子をみれば、危うい連中であることは一目瞭然《いちもくりょうぜん》だった。

「これをお渡しせねばなりませぬ」

里はすっと身を寄せ、蔵人介に六文銭を手渡そうとする。

「ふん、三途《さんず》の川の渡し人になれとでも」

「仰せのとおりにござります」

四人は連れだって、脇道から大きな屋敷の裏手へ進んだ。

広い庭には瓢簞池《ひょうたんいけ》があり、朱の太鼓橋なども架かっている。

橋を渡ったさきは竹垣に囲まれ、柿葺《こけらぶ》きの庵《いおり》が建っていた。

軒下の扁額《へんがく》には「如心」とある。「心のままに」という意味らしい。

玄関の敷居を越えて草履《ぞうり》を脱ぎ、奥行きのある廊下を進んで角を三つほど曲がると、坪庭をのぞむ八畳間へ行きついた。

里に誘《いざな》われて部屋に踏みこみ、下座に腰を落ちつける。

床の間には「千字文《せんじもん》」の軸が掛けられ、花入れには福寿草《ふくじゅそう》が活《い》けてあった。仲良く集まった黄金の花を眺めていると、和《なご》やかな気分になってくる。

書院の端には文筥《ふばこ》が置かれ、金泥《こんでい》で葵《あおい》の紋が描かれた蓋を開ければ、公方の御《お》墨付《すみつき》が収められているはずだった。はじめての目見得《めみえ》に際し、直々にみせられた御墨付には『寵臣橘右近の後顧を託す』と、家慶の筆跡で綴《つづ》られてあった。

やがて、衣擦《きぬず》れの音とともに、白檀《びやくだん》の香が忍びこんでくる。

蔵人介と串部は、潰《つぶ》れ蛙よろしく平伏《ひれふ》した。

「苦しゅうない。面《おもて》をあげよ」

艶《つや》めいた声に顔をあげれば、ふくよかな美しい尼僧が脇息《きょうそく》にもたれている。

化粧は濃くないものの、齢《よわい》は容易に判別し難い。周囲を圧する威厳から推《お》せば、還暦を過ぎていると言われても信じよう。だが、みようによっては、四十に手が届かぬほどにも感じられた。

「息災《そくさい》であったかえ」

「はっ」

「里、香煎《こうせん》を」

里は命を受けるまでもなく動きだし、堆朱《ついしゅ》の三方《さんぼう》に湯呑みを載せて如心尼の膝前へ捧げた。

そして、同じものを蔵人介の膝前にも運んでくる。

「よい香りであろう」

炒《い》り米に陳皮《ちんぴ》と粉山椒《こさんしょう》、さらに香りの強い茴香《ういきょう》をくわえた茶であった。

湯気の香りを嗅いだだけで晴れやかな気分になり、ひと口呑めば嘘のように疲れが取れる。

後ろに控える串部は、一度も相伴《しょうばん》に与ったことがない。

おそらく、今日も不満をたらたら述べるにちがいなかろう。

里は如心尼に目配せされ、書院の端から文筥を携えてきた。

「蓋を開けよ」

命じられて蓋を開くと、一枚の訴状らしきものが入れてある。

「目を通してみなされ」

言われたとおり、奉書紙《ほうしょがみ》を開いた。

やはり、訴状のようだ。

——勘定奉行の田所《たどころ》刑部《ぎょうぶ》は悪徳札差《ふださし》の稲田《いなだ》屋軍兵衛《ぐんべえ》と共謀のうえ、蔵米知行《くらまいちぎょう》の一部を着服せり。まこと、許し難き所行《しょぎょう》なり。

記した者の欄《らん》には「勘定方《かんじょうかた》　重村彦之進《しげむらひこのしん》」とある。

配下が上役の不正を暴露したという筋であろうか。

事実ならば由々しき内容だが、幕臣の不正に対処するのは目付の役目だ。

「御目付にはまわさぬ。それが上様のご意志じゃ」

「上様の」

「それはな、目安箱に投じられた訴状なのじゃ」

「えっ」

「ほう、おぬしでも驚くことがあるのか」

如心尼は薄く笑い、湯気の立った香煎を啜る。

「上様はたいそうご立腹《りっぷく》のご様子でな、姉小路さまがみるにみかねて訴状を預かった。御庭番《おにわばん》を使って内々に調べさせたところ、重村なる軽輩はすでに腹を切っておったという。ほかに調べようもないので、わらわのもとへお鉢がまわされた。ことは幕府の屋台骨を支える勘定奉行の処分、しかも、有力な札差も関わっておる。頭から訴状を信じて対処するわけにもいかず、まずは事の真偽を探るのが先決であろう」

探ったうえで訴状の中身が真実であれば、秘かにふたりを葬れということなのだろうが、どうも釈然としない。

「あいかわらず、浮かぬ顔じゃのう。鬼役の役目ではない、とでも言いたそうではないか。されどな、事が表沙汰になれば、ちとまずいことになるやもしれぬ。水野の越前はどうやら、棄捐令《きえんれい》の触れを出す肚積《はら》もりらしいのじゃ」

「棄捐令にございますか」

困窮《こんきゅう》する旗本や御家人《ごけにん》を救済すべく、金貸しに借金の棒引きを迫る禁じ手である。

直に被害を受けるのは、幕臣たちに大金を貸している札差だが、貸し手の信用を失えば新たに金を借りられなくなるので、とどのつまり、棄捐令の施行で一番困るのは旗本と御家人にほかならなかった。

いずれにしろ、勘定奉行と札差の癒着《ゆちゃく》や不正が表沙汰になれば、幕府の施策にも悪影響をおよぼしかねぬであろうし、幕府の沽券《こけん》が地に堕ちるのは目にみえている。それゆえ、隠密裡《り》に探索を進め、誰にも知られずにしかるべき措置を講じねばならない。

「それができるのは、ほれ、おぬししかおらぬであろう」

如心尼は香煎を啜り、ほっと溜息を吐いた。

「わらわとて、人を滅する密命を与えるのは辛い。以前にも申したであろう。如に心と書いて恕《ゆる》すと読む。どのような罪を犯した者でも、仏ならばお恕しになる。そうあってほしいとの願いから、隠号《いんごう》に如心と付けたのじゃ。されど、世の中はきれいごとばかりでは済まされぬ。人の欲が尽きぬかぎり、目を覆いたくなるがごとき悪逆非道《あくぎやくひどう》は消えることがない。罪を罪ともおもわぬ輩が跳梁跋扈《ちようりようばつこ》いたせば、この世は闇と化すであろう。それゆえ、悪を断つ鬼が要る。鬼の目が闇を照らす一条の光とならんことを、わらわは祈るばかりなのじゃ」

「闇を照らす光にござりますか」

「さよう。世のため人のため、おぬしが光になってたも」

如心尼は目を潤ませて懇願し、ふわりと立ちあがる。

そして、いつものように白檀の香を残し、廊下を遠ざかっていった。

情で動いてはならぬと言い聞かせつつも、情でしか動けぬ自分がいる。

「詮方《せんかた》あるまい」

蔵人介は冷めた香煎をひと息に呑みほし、煙が立ちのぼるがごとく立ちあがってみせた。

五

夕闇のなか、札差の乗る宝仙寺駕籠《ほうせんじかご》を追っている。

蔵前《くらまえ》の一角から大路を進み、浅草橋《あさくさ》を渡ったところだ。

串部に調べさせてみると、稲田屋軍兵衛の評判は芳《かんば》しくなかった。

幕臣に高利で金を貸しつけている節《ふし》があり、儲《もう》けた金で茶屋遊びにうつつを抜かしているとか、何千両もの樽代《たるだい》を払って吉原《よしわら》の花魁《おいらん》を身請《みう》けするつもりだとか、眉を顰めたくなるような噂が囁《ささや》かれていた。

ただ、やっかみ半分に流される噂を真に受けるわけにもいかぬし、噂にのぼる程度のことなら命を奪うまでもない。幕府に仇なす確乎《かっこ》たる証拠《あかし》を摑むまでは、安易に刀を抜くことはできなかった。

稲田屋を乗せた駕籠は軽快に風を切り、横山町《よこやまちょう》、通塩町《とおりしおちょう》とたどって浜町堀《はまちょうぼり》に架かる緑《みどり》橋を渡った。

蔵人介の足取りは重い。

三年前にも、同じように阿漕《あこぎ》な札差を追っていた。

季節も同じ、松明けのころだ。

札差の名は伊野屋文右衛門《いのやぶんえもん》、風貌もはっきりとおぼえている。

肥前国唐津藩《ひぜんからつ》の江戸留守居役《るすいやく》と結託し、抜け荷に手を染めていた。そればかりか、蔵前の実務を取りしきる蔵奉行を買収し、高利でも金を借りそうな幕臣の一覧を作らせ、実際に金を借りた連中のなかには金策に窮《きゆう》し、家や身分を捨てざるを得なくなった者まであった。

ほかにも数々の悪事があきらかとなり、橘右近から密命が下されたのだ。

「見懲《みこ》らしにいたすゆえ、斬り捨てにせよ」

丸眼鏡の小柄な老臣は怒りあげ、引導《いんどう》を渡す手順や場所まで指定した。

密命が下された以上、拒むことはできない。

蔵人介は鬼と化すしかなかった。

「これも因縁か」

追いかける宝仙寺駕籠は、三年前と同じ道順をたどっている。

日本橋の本町大路《ほんちようおおじ》を、通油町《とおりあぶらちよう》、通旅籠町《とおりはたごちよう》と西へ進み、大伝馬町《おおてんまちよう》のさきを、ひょいと左手に折れた。

まっすぐ向かえば、魚河岸に行きあたる。

駕籠は道浄橋《どうじょう》の手前で右手に折れ、伊勢町《いせちょう》河岸を進んでいった。

「やはり、そうであったか」

まちがいあるまい。

蔵人介は行き先の見当をつけた。

浮世小路の『百川』に向かうつもりなのだ。

三年前も同じだった。

伊野屋と唐津藩江戸留守居役の密会先は、一見客《いちげん》お断りの『百川』であった。おもったとおり、稲田屋を乗せた駕籠は手代《てだい》の翳《かざ》す挑燈に導かれ、浮世小路の薄闇へ吸いこまれていく。

蔵人介は駕籠尻を睨み、左手へ足を向けた。

正面にみえる赤い鳥居は、商売繁盛を祈願する福徳《ふくとく》稲荷明神の鳥居である。

左隣に建つ立派なうだつの商家は、鰹節《かつおぶし》問屋の『にんべん』にほかならない。

黒潮に乗って南方から北上する鰹は、遠州灘《えんしゅうなだ》から伊豆《いず》半島沖へ達したあたりで脂肪が乗りはじめ、卯月《うづき》初旬、相模《さがみ》灘の沖合で絶品の味わいとなる。女房を質に入れてでも買うほどの価値があるかどうかは別にしても、江戸の人々にとって旬の鰹ほどありがたいものはない。

ただし、鰹節問屋は脂肪の乗った鰹など見向きもしない。春先に薩摩《さつま》から土佐《とさ》を経て紀州《きしゅう》沖まで北上してきた痩せた鰹が、鰹節にはもっとも適している。『にんべん』のあつかう高価な鰹節は土地ごとに、薩摩節、土佐節、紀州節、駿河《するが》節などと呼ばれ、武家や町家《まちや》でも重宝《ちょうほう》がられた。

もちろん、近所の誼《よしみ》で『百川』でも『にんべん』の鰹節を使っており、お品書きには「にんべん勝男武士《かつおぶし》」と綴られていた。

少しでも気休めになればと、蔵人介は脳裏に「勝男武士」という字を描いてみる。出汁《だし》の効いた吸い物をおもいだし、芯まで冷えきった心を温めようとおもった。

それにしても、寒い。

蔵人介は両掌《りょうて》を重ね、はあっと白い息を吐いた。

「小雪がちらついておったな」

三年前のはなしだ。

ちょうどあのあたり、古びた赤い鳥居のそばで足踏みしながら的《まと》を待っていた。

伊野屋文右衛門を乗せた宿《しゅく》駕籠が戻ってきたのは、爪先まで凍りついたころだ。

懐中に手を入れ、みずから打った武悪《ぶあく》の狂言《きょうげん》面を付けた。

素早く駕籠の行く手をふさぎ、先導役の手代を峰打ちにすると、駕籠かきどもは血相を変えて逃げだした。

垂れを捲《めく》りあげるまでもなく、肥えた札差が転がりでてきた。醜く歪《ゆが》んだ鮟鱇《あんこう》顔でもって、懸命に命乞いをされたのだ。

「お願いします、命だけは……」

耳を澄ませば、掠《かす》れた泣き声さえも聞こえてくる。

「……年端《としは》もいかぬ、可愛い孫がおります」

震えた声で訴えられ、蔵人介はわずかに躊躇《ちゅうちょ》した。

伊野屋は光明《こうみょう》を見出したかのごとく、懐中から巻物を取りだしてみせた。

「見逃していただけるなら……こ、これを差しあげます」

差しだされたので受けとると、許されたと勘違いしたのか、伊野屋は小鼻を広げて大口を叩いた。

「弘法《こうぼう》大師空海《くうかい》の書にござります。島井宗室《しまいそうしつ》が火焔《かえん》に巻かれた本能寺《ほんのうじ》から命懸けで運びだした曰《いわ》く付きの書。紛《まぎ》れもなく、本物にござりますぞ。名のある骨董屋に売れば、まず一千両は下りますまい。どうか、このお宝で……」

最後まで聞かず、蔵人介は巻物を広げて破りすてた。

狼狽《うろた》えた商人の顔が、今も瞼《まぶた》の裏に焼きついている。

「……な、なんということを……く、空海の千字文にござりますぞ」

迷いを振りきり、心を空に導いた。

「お待ちを、お待ちを……」

懇願する声は風音に掻き消され、つぎの瞬間、札差の素っ首を刎《は》ねていた。

ちぎれた空海の書は強風に煽《あお》られ、暗い堀川の底へ消えていった。

閻魔《えんま》を象《かたど》った武悪《ぶあく》の面を外し、屍骸《むくろ》を見下ろした。

ふと、背中に誰かの視線を感じたが、振りむこうとはしなかった。

もちろん、後悔はない。

伊野屋文右衛門は、引導を渡さねばならぬ阿漕な札差であった。

だが、蔵人介は長らく、この場を避けていた。

ここだけではない。悪党奸臣を斬った場所へは、どこであろうと足を向ける気にはならなかった。

斬った相手の怨念がわだかまっているからなのか。

されど、こうしてまた因果の糸に手繰《たぐ》りよせられた。

避け難い運命の歯車に搦《から》めとられようとしているのか。

それとも、見逃した何かを解決すべく、望まぬ場所へ導かれたのか。

わからぬ。

だが、蔵人介はあきらかに、来し方に葬った死人の瘴気《しようき》を吸っていた。

——ひょう。

風音とともに、誰かの跫音《あしおと》が近づいてくる。

蔵人介は身を屈《かが》め、腰の長柄刀《ながつかとう》に手をやった。

長い柄の内には八寸の刃が仕込んである。

暗闇からあらわれたのは、横幅のある人影だ。

鼻の赤い顔をみて、ほっと安堵の溜息を吐く。

「殿、お待たせいたしました」

「ふん、串部か」

「串部で悪うございましたな。おもったとおり、稲田屋が百川で会っている相手、勘定奉行の田所刑部にございますぞ」

「さようか」

蔵人介が顔を曇らすと、すかさず串部が犬のように鼻を近づけてきた。

「おやおや、どうかなされましたか」

「別に」

「もしや、三年前のことをおもいだされたのでは」

そう言えば、串部もあの場に居たのだった。

「それがしが馳せ参じたときは、すでに札差の素っ首が転がっておりました。殿はどうしたわけか、茫然自失《ぼうぜんじしつ》の体《てい》で佇《たたず》んでおられた。声を掛けそびれたのを、はっきりとおぼえております。今さらながら伺いますが、あのときはどうなされたので」

密命を果たしながらも、釈然としなかった。

伊野屋文右衛門の悪事は明白であったし、引導を渡すべき相手にまちがいはなかったが、どうもおかしいと、耳許《みみもと》で誰かに囁かれたような気もする。

「こたびと同様、契機となったのは目安箱の訴状でござりましたな」

「ん、そうであったか」

肝心なことを失念していた。

「おっと、殿にしてはおめずらしい。目安箱といい、札差といい、三年前の再現ではあるまいかと、それがしはおもっております。異なるのは、札差と結託した相手が唐津藩の重臣ではなく、幕臣の大物であるということにござる。そもそも、直に利害の絡む勘定奉行と札差の密会は公儀でも許されておらぬはず。遠からず、悪事の詳細は判明いたしましょう」

判明したあかつきには、如心尼の密命を果たさねばなるまい。

だが、こたびも三年前と同様に、居心地の悪さを感じている。

「串部、あのとき、誰かにみられているような気はせなんだか」

「三年は長うござる。さすがに、おぼえてはおりませぬ」

「さようか」

「殿、少しお疲れなのでは」

「いいや、案じるほどのことではない」

「今宵《こよい》は冷えますな。帰りがけに一杯、立ち寄ってまいりますか」

串部は左手で丼を抱え、右手で蕎麦《そば》を手繰る仕種《しぐさ》をしてみせる。

日本橋の本町大路へ向かえば、看板代わりの湯気を立てた夜鷹《よたか》蕎麦の屋台をみつけられよう。ついでに燗《かん》した安酒を喉に流せば、少しは気が紛れるやもしれぬ。

「まいるか」

蔵人介が大股で歩きはじめると、串部は嬉しそうに従《つ》いてきた。

六

十五日の小正月には小豆粥《あずき》を食す。

小豆粥は「家移り粥《やうつ》」とも称され、引っ越しの際に隣近所へ配る習わしもあるそうだが、中村家から振るまわれたおぼえはない。それどころか、隣家は一日中ひっそり閑《かん》としており、家の者と顔を合わせる機会もないという。

「何やら疎遠《そえん》な感じで」

と、幸恵に愚痴られたものの、密命の調べが佳境を迎えていることもあり、隣人のことなど忘れていた。

しかも、相番の逸見が風邪をこじらせてしまい、宿直《とのい》をふた晩つづけてやらねばならなかった。久々に解放されて下城の途についたはよいが、外桜田御門を潜りぬけても迎えの串部はいない。

「あやつめ、日を取りちがえたか」

仕方なく、ひとりで濠端をたどり、半蔵御門の門前を過ぎてから番町の武家屋敷を突っ切り、市ヶ谷御門から外濠を渡る。久しぶりに亀岡《かめがおか》八幡でも詣でようかとおもい、門前町へ足を向けると、抜けるような青空のもと、参道へつづく道沿いには床見世《とこみせ》がずらりと並んでいた。

ふと、十間《けん》（約一八メートル）ほどさきに目をやれば、食べ物を売る店先から、十ほどの男の子が飛びだしてくる。

「どろぼう」

つづいて、店主の怒声が轟《とどろ》いた。

驚いた参詣客たちが左右に分かれる。

男の子は鉄砲玉のように走り、蔵人介のほうへ迫ってきた。

「ん」

紛れもなく、隣人の息子だ。

名はたしか、平吉といったか。

必死の形相《ぎょうそう》で髷《まげ》を乱し、胸に芋をふたつ抱えている。

こちらの正体に気づいたのだろう。

つんのめるように踏みとどまり、怯《おび》えた目でみつめてきた。

蔵人介はおもわず、顔を背《そむ》けてしまう。

平吉の脇を擦《す》り抜け、そのまま歩幅を変えずに進むと、血相を変えた親爺《おやじ》が追いついてきた。

蔵人介は足を止め、道のまんなかで仁王立ちになる。

親爺は転びかけながらも、獣のように吼《ほ》えた。

「退《ど》いてくれ、小童《こわっぱ》が芋を盗みやがった」

蔵人介は丁寧にお辞儀をし、射竦《いすく》めるように相手を睨みつけた。

「知りあいの子だ、大目にみてくれ」

さっと身を寄せて一朱《しゅ》銀を握らせると、親爺は黙って引っこんだ。

通行人たちは関わりを避け、素知らぬ顔で離れていく。

蔵人介は踵《きびす》を返し、渋い顔をつくった。

平吉は逃げるでもなく、しょんぼりと立っている。

そっと近づき、できるだけ優しくはなしかけた。

「どうした、腹が減っておるのであろう。早う食べろ」

平吉は目を輝かせ、芋を貪《むさぼ》りはじめる。

死ぬほど腹が減っているのだ。

「ぬぐっ」

喉をつかえさせたので、背中をさすってやった。

「さあ、水を呑め」

腰にぶらさげていた竹筒を手渡すと、平吉はごくごく喉を鳴らす。

ひと息つくと、芋の残りを必死に食いはじめた。仕舞いには大粒の涙を流し、洟《はな》水《みず》も垂らしながら芋を食いきる。

「まるで、餓鬼《がき》だな、父上はいかがした」

「宿直にござります」

「お婆さまと母上は」

「亀戸《かめいど》天神の鷽《うそ》替《か》え神事に参りました」

「鷽替え神事は、まださきであろう」

平吉は項垂《うなだ》れ、顔を真っ赤にする。

すぐにばれる嘘を吐くほど、差し迫った事情があるのかもしれない。

ところが、喋ってはならぬと厳しく命じられているのか、貝のように口を閉ざしてしまった。

「安堵いたせ。父上には黙っておいてやる。ただし、二度と盗みはするな」

「はい」

「腹が空いて我慢できなくなったら、隣の家を訪ねてこい。わかったな」

「はい、かしこまりました」

平吉は素直に頭をさげ、くるっと背を向けて走りだす。

「とはいえ、困ったな」

父親に告げぬと約束したが、それで済むはなしでもあるまい。

思案顔で浄瑠璃坂を上り、家に戻って幸恵を呼んだ。

平吉との経緯を告げると、幸恵は途端に顔を曇らせる。

「いくらお腹が空いたとは申せ、売り物を盗むのは困りものですね。困りものと申せば……」

「不吉なこと」

蔵人介が宿直で家を空けている隙に、家の周囲で不吉なことが起きているという。

まずは一昨夜、冠木門のそばに猫の死骸が捨ててあった。

「しかも、猫は首を失っておりました」

「首を」

「はい」

下男の吾助《ごすけ》に始末させたが、首は板壁の端に五寸釘で打ちつけてあった。

「悪戯《いたずら》にしては念が入っておるな」

それだけではない。翌朝、門前を覗いてみると、黒い黴《かび》の生えた団子が添え物のように置かれていた。

「気味が悪いので、義母上にもご相談申しあげたのです。すると、義母上は深刻なお顔になり、黴団子を捧げたのはお隣の町さまかもしれぬと仰いました」

「何だと」

幸恵は蔵人介の反応をみながら、瞬きもせずにつづける。

「猫の死骸をみつけた晩の夜更け、わたくしは寝入っていて気づきませなんだが、義母上は不審な人の声が聞こえてきたので寝所から抜けだし、その声を追って町内の稲荷明神へ向かわれたのだそうです。すると、白い巫女《みこ》装束《しょうぞく》の老婆が髪を振りみだしながら、一心不乱に般若心経《はんにゃしんぎょう》を唱えていたのだとか」

「それが、中村どのの御母堂であったと」

「夜目でもあり、後ろ姿ではありましたが、おそらく、まちがいはなかろうと。神《かみ》憑《がか》っておられたご様子ゆえ、声も掛けられなかったと、そのように義母上は仰いました。門前に黴団子をみつけたのがその翌朝だったので、町さまと結びつけられたのでしょう」

事実ならば、厄介な隣人が引っ越してきたことになる。

「それと、もうひとつ」

「まだあるのか」

　蓮という妻女のことだという。

「昨晩遅く、御高祖頭巾《おこそずきん》をかぶって外出されるのを見掛けました」

「おいおい、冗談を申すな」

「まちがいありませぬ。昨晩、中村さまは宿直のようでした」

「つまり、夫の留守に妻が家を空け、余所《よそ》行きの扮装《いでたち》で何処かへ向かったと」

「しかも、お戻りになったのは、東の空が明け初《そ》めたころにございます」

　幸恵は気になって、寝所のなかで寝ずに聞き耳を立てていた。わずかな物音がしたので門まで小走りに走り、そっと覗いてみると、御高祖頭巾の女性《にょしょう》が隣の家に消えていくところであった。

　薄気味悪いはなしだなと、蔵人介はおもった。

「されど、お隣のことゆえ、事を大袈裟《おおげさ》にするわけにもいかず、どうしたものかと思案しておりました」

　蔵人介は腕組みをしながら溜息を吐く。

「中村どのに尋ねてみるしかあるまいか」

「そうしていただけますか。義母上もこたびばかりは、ご対応に困っておられるようですし」

「わかった、心しておこう」

家に戻った平吉のことが案じられた。

ろくに飯を食わせてもらえていないのではないか。それゆえ、空腹に耐えかねて芋を盗んだのだとしたら、親の責を厳しく問わねばならぬ。

隣人のことだけに深入りは避けたかったが、中村と一度じっくり膝を突きあわせねばなるまいと、蔵人介はおもった。

七

その晩、中村は宿直で戻ってこず、真夜中、妻の蓮がまた家を抜けだした。

蔵人介はそれとなく注意を払っていたので、微《かす》かな物音を聞き逃さなかった。

幸恵は隣で寝息を立てている。昨晩の浅い眠りが応えたのだろう。

ひとりでそっと起きだし、素早く着替えて大小を腰に差した。

誰にも気づかれずに門から外へ出て、蓮の足跡を追いかけた。

すがたはみえずとも、気配でわかる。

それに、酸っぱいような匂いも微妙に漂っていた。

何の匂いか判別はできぬものの、案の定、浄瑠璃坂を下ったあたりで蓮の背中を捉《とら》えることができた。

ふいに、御高祖頭巾が振りかえる。

蔵人介は、さっと木陰に隠れた。

隠れる必要もあるまい。挑燈を翳しても遠すぎて、見定められるはずがないのだ。

蓮は坂下を左手に折れ、漆黒《しっこく》の濠を右手にしながら淋しい濠端を歩いていく。

挑燈の淡い光だけが揺らめいていた。

濠端には追い剝《は》ぎや辻斬りが潜んでいる。

恐ろしくないのだろうか。

挑燈の灯《あか》りは滑るように進み、牛込《うしごめ》御門脇を手前にして、神楽坂《かぐらざか》下の船着き場へと降りていく。

「舟か」

居眠りする船頭を起こし、神田《かんだ》川を下るつもりなのだ。

蔵人介は裾《すそ》を捲り、猛然と駆けだした。

神楽坂下へたどりつくと、蓮を乗せた小舟が水脈《みお》を曳《ひ》きはじめたところだ。

蔵人介は桟橋《さんばし》で煙管《キセル》をふかす船頭に声を掛け、船賃を余分に握らせた。

「前の舟を追ってくれ」

舟上で指図すると、船頭の親爺は惚《とぼ》けた顔を向けてくる。

「あのご新造《しんぞう》なら、行き先はわかっておりやすよ。二度ほど乗せたことがあるんでね」

「ほう、何処まで送ったのだ」

「水道橋《すいどう》のさきですよ」

小舟は水馬《あめんぼ》のように滑りだした。

しばらく進むと、左手に水音が聞こえてくる。

どんどん橋であろうか。

川の合流地点が段差になっており、水が勢いよく落下しているのだ。

頬に飛沫《しぶき》は感じたが、暗すぎて落瀑《らくばく》の光景はみえない。

小舟は速度をあげ、前方の艫灯《ともあか》りを追いかけた。

川幅は狭くなり、小石川《こいしかわ》御門を過ぎると徐々に広くなっていく。

左手の鬱蒼《うっそう》とした暗い杜《もり》は、おそらく、水戸《みと》家の上屋敷であろう。

小舟は水道橋を越えてしばらく進み、船頭が言ったとおり、左手の舟寄せに向かっていった。

蓮が小舟から離れたのを確かめ、蔵人介も手前の陸《おか》へあがる。

御茶ノ水《おちゃのみず》のあたりであろう。

まっすぐ北へ向かう道をたどり、途中で中山道《なかせんどう》を横切って神田明神裏の道を行く。さらに、錯綜《さくそう》する狭い道を縫うように進み、ようやく行きついたのは湯島《ゆしま》天神北の切通《きりどおし》へ通じる露地裏だった。

猥雑《わいざつ》な臭いが漂っている。

暮れまでは、蔭間《かげま》茶屋が軒を並べていた。水野忠邦の号令一下、町奉行所の一斉手入れがはいり、男娼たちはすべて浅草の猿屋町《さるやちょう》へ移されてしまったのだ。

蓮は挑燈を揺らし、貧乏人の住む裏長屋の朽《く》ちた木戸を抜けていった。

真夜中だというのに、長屋のなかは何やら騒がしい。

ひどく臭う溝《どぶ》のほうから、赤子《あかご》の泣き声や嬶《かか》ぁの怒鳴り声が聞こえてくる。

いくつかの部屋から灯りが漏れており、目を細めれば溝板の端に赤子が捨てられているのがわかった。

「坊や」

蓮は鋭く叫び、挑燈を抛《ほう》りだす。

必死に駆けより、赤子を抱きあげた。

「おう、よしよし」

立ったまま、片方の乳を剝《む》きだしにする。

赤子は泣きやみ、貪るように乳を呑みはじめた。

戸が乱暴に開き、浪人風体の男が飛びだしてくる。

「こやつめ、何しに来おった。ぐうたら亭主への当てつけか」

男は大股で蓮に近づき、やにわに、平手打ちを浴びせた。

隣の部屋から、肥えた嬶ぁが飛びだしてくる。

「旦那、おやめよ。その子、わたしが預かるからさ」

嬶ぁは身を寄せ、赤子をもぎとるように奪っていった。

蓮は深々と頭を垂れ、すみません、すみませんと、低声《こごえ》で何度も謝りつづける。

浪人はふたたび、蓮に手をあげた。

――ぱしゃっ。

平手打ちの音が長屋じゅうに響く。

「しょうがないねえ、呑みすぎなんだよ」

嬶ぁは捨て台詞《ぜりふ》を残し、赤子ともども部屋に消えていった。

「子守り代を払っておるのだ、謝ることはない。くそっ、何だその顔は。わしを蔑《さげす》んでおるのか」

「いいえ、そのようなことは」

「去《い》ね。別の男に抱かれて寝ろ。ふん、わしだってな、稼ぎの手蔓《てづる》を掴んだぞ。滅多にお目にかかれぬ大金が手にはいるのだ」

「もしや、危ういことをなさるのですか」

「ほう、わしの身を案じてくれるのか。いいや、そんなはずはない。おぬしは生きるために貞操《みさお》を捨てた。赤子のためと言いながら、別の男に抱かれて喜んでおるのだ。わしの腕を存じておろう。四天《してん》流の免許皆伝、安本六兵衛《やすもとろくべえ》と申せば、藩でも一、二を争う力量と恐れられた男だ。おぬしの父に剣の腕を見込まれ、娘婿になったまではよかったものの、そのさきに地獄が待っておった。人の運命《さだめ》とはわからぬものよ。ふふ、今のどん底から這《は》いあがるためなら、わしは何だってやってやる」

「お止《や》めください。危ういことだけは、お止めください」

「うるさい。黙れ、売女《ばいた》」

安本と名乗る浪人は激昂《げっこう》し、蓮の髷を鷲掴みにする。

さらに、手にした五合徳利を高々と振りあげた。

蔵人介は、ぐっと爪先に力を込める。

だが、安本にはできなかった。

振りおろした徳利が、地べたに叩きつけられる。

破片が四散しても、蓮は微動だにしない。

すでに、死を覚悟しているかのようだった。

未練がましく腰に縋《すが》りつこうとする安本を振りほどき、蓮は溝板を踏みしめて木戸口へ戻ってくる。

蔵人介は物陰に隠れてやり過ごし、重い足を引きずった。

背中を追う必要はない。蓮はたどってきた道を戻るだけであろう。

それにしても、いったいどういうことなのか。

こちらが蓮にとってまことの亭主と子だとすれば、中村平九郎と平吉はいったい何なのだろうか。

暴力亭主のことばから推《お》せば、金銭目当てに幕臣の妻女を装っていることになる。

「何故だ。何のために」

小舟に揺られながら考えても、こたえをみつけだすことはできない。

勾配のきつい浄瑠璃坂を上って家に着くころには、東の空が明け初めていた。

蓮は家に戻ったことだろう。

「ぎゃああ」

突如、獣のような悲鳴が聞こえてくる。

武家地の一角、稲荷明神のほうだ。

蔵人介は駆けだした。

赤い鳥居を潜ると、すでに、何人かの人影が集まっている。

祠《ほこら》から黒い煙が立ちのぼり、顔見知りの役人たちが必死に火を消しとめていた。

「蔵人介どの」

名を呼ばれたので振りむくと、褞袍《どてら》を纏った志乃が寒そうに立っている。

「養母上《ははうえ》、おられたのですか」

「不審火《ふしんび》じゃ。巫女装束の下手人を見掛けた者がおる」

「巫女装束……もしや」

「隣家の老婆であろう。般若のごとき形相《ぎょうそう》で駆けていきよったらしい」

志乃は苦りきった顔でこぼす。

「何か、よほどの事情がおありなのであろう」

「さりとて、放っておくわけにもまいりますまい」

「出仕の折にでも、中村どのにそれとなく事情を伺ってみよ」

「それとなくでござりますか」

「まだ下手人と決まったわけではない。それとなく伺うのが、隣人の礼儀と申すものであろう」

「はあ」

「それにしても、罰《ばち》当たりなことをしでかしてくれるわ」

隣人の礼儀を気にする志乃の立場もわからぬではない。

蔵人介は渋い顔でうなずき、黒焦げの祠に背を向けた。

八

中村平九郎は早くから出掛けたようで、顔を合わせることができなかった。

幸恵が隣家をそれとなく訪ねてみると、母の町は風邪気味で床に臥《ふ》しており、娘の蓮は看病に勤《いそ》しんでいるという。

不審火のことを糾すわけにもいかず、蔵人介は昼餉の毒味に合わせて出仕した。

浄瑠璃坂を下りたあたりで、後ろから誰かに声を掛けられる。

「矢背さま、ご出仕ですか」

振りむけば、小太りの四十男が立っていた。

「拙者も今からでござる」

人懐《なつ》こい顔で笑いかけてくるのは、小納戸役の西谷弥五郎《にしたにやごろう》であった。

中村家とは反対側の隣人で、こちらも暮れに引っ越してきたばかりだ。

「よろしければ、御城までごいっしょに」

「いっこうにかまわぬが」

平然と応じつつも、鬱陶《うっとう》しいものを感じた。

いつもなら串部を連れているのだが、密命の件で調べに奔走《ほんそう》させている。ひとりのところを目敏《めざと》くみつけられ、城までの道程をともにしなければならなくなった。

西谷もどうやら、事情《わけ》あって供人《ともびと》を連れていないらしい。

「節約でござる。供人ひとり雇うにも、年に四両二分の給金と顎足代《あごあし》が掛かりますからな。ところで、先日はかたじけのうござりました」

市ヶ谷御門を手前にして、西谷は居ずまいを正す。

惚けて首をかしげると、泣き笑いのような顔をつくった。

「十日前の出来事をお忘れか。御膳を廊下へお運びする際、それがしは敷居に躓《つまず》いてしまいました。二、三歩、つつっと前へ滑り、危うく転びかけたとき、脇からすっと矢背さまの手が伸び、助けていただいた。おかげで上様に供するたいせつな御料理を廊下にぶちまけずに済み、首の皮一枚で繋がったというわけでして。矢背さまの手はまさに、神の手にも感じられましたぞ」

忘れるはずはない。助けた瞬間、おもわず吐いてしまった台詞もおぼえている。

「二度目はないものとおもえと、矢背さまは仰いましたな。あのおことば、胸に染《し》みましてござる。おそらく、生涯、忘れられぬものかと」

西谷は年齢《とし》のわりには配膳方の経験が浅く、同役のあいだでも秘かに「不調法《ぶちょうほう》者《もの》」と囁かれていた。いつか失態をやらかすのではないかと案じ、それとなく注意を払っていたので、偶然ではあったものの、惨事を救ってやることができたのだ。

料理を廊下にぶちまけることなど、配膳方にあってはならないことである。叱責《しっせき》どころか、下手をすれば御役御免《おやくごめん》、腹を切れと命じられても弁解の余地はない。二度目はないと厳しいことばを掛けたのも、本人に猛省《もうせい》を促すため、いや、できることなら、みずから役目替えを申し出させるための親心であった。

「おかげさまで、難しい膳運びは若い連中に任せるようにいたしました」

「ほう、そうであったか」

「お気づきになられませなんだか」

もちろん、気づいている。気づくどころか、小納戸頭取《とうどり》の今泉益勝《いまいずみますかつ》に別件で面談した折、西谷を膳運びから外すように進言した。小納戸役には、ほかにもさまざまな役目がある。膳運びはたしかに華のある役目だが、裏方にまわって調度品《ちょうどひん》を管理するのも立派な役目だし、役料も減じられる心配はない。

告げ口をするようで気が引けたものの、西谷は同役の連中からみれば年上なので、みな、意見するのを遠慮していた。放っておいて首を失ったら、取り返しのつかないことになる。それゆえ、蔵人介はそれとなく今泉に進言し、西谷が傷つかぬように配慮したうえで、役目替えをおこなわせたつもりだった。

「ご存じのとおり、それがしは独り身にござります。老いた母とふたり、つましく暮らしておりますが、病がちの母だけは悲しませたくありませぬ」

はなしが込みいってきたので、蔵人介はわざと歩を速めた。

西谷は息を弾ませつつも、必死に追いすがってくる。

ふたりは番町の武家屋敷を突っ切り、半蔵御門の手前から桜田濠の濠端を進んでいった。

皀角《さいかち》河岸のあたりからは、反《そ》りたった石垣のうえに西ノ丸の伏見櫓《ふしみやぐら》がよくみえる。

頭上は鼠色の雲に覆われているが、急ぎ足で歩いているせいか、寒さは感じない。

西谷などは、額にうっすら汗を滲《にじ》ませていた。

「先日、組頭《くみがしら》さまから内示を受けました。膳運びから外すゆえ、心得ておくようにとのことで。無論、命に逆らうわけにはまいりませぬ。されど、拙者は口惜《くちお》しゅうてなりませぬ。何せ、母の唯一の自慢は、一人息子のそれがしが上様の御膳をお運びする栄誉あるお役目に就いていたことにござった」

外桜田御門を潜ったところで、西谷は小走りになり、蔵人介の行く手にまわりこむ。

「矢背さま、どうか、お聞きくだされ」

荒い息を吐きながら、上目遣《うわめづか》いに睨みつけてきた。

仕方なく、蔵人介は歩を弛《ゆる》める。

もしかしたら、小納戸頭取に進言した事実を摑んだのであろうか。

本人のためにやったこととは申せ、少しばかり、後ろめたい気持ちになる。

「それがしにも意地がござります。最後にもう一度だけ、上様の御膳をお運び申しあげたいと、必死にお願いしました。すると、組頭さまは折れてくださり、お八《や》つの御膳なら運んでもよいと仰せに」

「お八つの御膳とな」

蔵人介は足を止めた。

目と鼻のさきには内桜田御門が聳《そび》え、右手には大名小路が広がっている。

「いかにも」

と、西谷は小鼻をひろげた。

「八つ刻の御膳は、御座之間《ござのま》へお運びいたします」

なるほど、それであれば渡る廊下は少し短いうえに、運ぶ膳も鉢や皿に盛られた干菓子《ひがし》にかぎられる。汁物さえなければ、粗相があってもごまかすことはできるかもしれず、たしかに西谷でもできそうな気はするが、蔵人介は胸騒ぎを禁じ得ない。

「お運びするのは、干菓子だけではござりませぬ」

「ん、どういうことかな」

蔵人介の反応を窺《うかが》いつつ、西谷は胸を張る。

「香煎もお運びいたします」

うっかりしていた。

近頃、家慶は八つ刻に好んで香煎を所望《しょもう》する。

信を寄せる姉小路に影響されたらしいが、姉小路に香煎の薬効を教えたのは如心尼かもしれない。炒り米に陳皮と粉山椒、さらに茴香をくわえた茶といえば、如心尼の庵を訪ねた際に出された香煎と同じものにほかならなかった。

「おぬしが香煎を運ぶのか」

「いけませぬか」

「いいや」

やめておけという台詞が、口を衝《つ》いて出かけた。

西谷の挑むような眼差《まなざ》しをみれば、何も言えなくなる。

幸運を祈るしかあるまいと、蔵人介はおもった。

ふたりは内桜田御門を潜り、玉砂利の敷かれた道を踏みしめる。

「ときに矢背さま、上様が八つ刻に何をなさっておいでかご存じか」

「はて、何かな」

正直、考えたこともないし、興味もなかった。

「ならば、教えて進ぜましょう。目安箱の訴状のなかで、とりわけ文言や筆跡の難解な訴状を読まれておいでだそうです」

「ほう」

目安箱の訴状と聞いて、密命のことが脳裏を過ぎる。

公方は日々、目安箱の訴状に目を通さねばならない。ただし、目を通す場所や刻限が定まっているわけではなかった。老中たちにも知られぬように、本来であれば夜、中奥《なかおく》の深奥《しんおう》にある楓《かえで》之間の裏に隠された御用之間で、誰にも邪魔されずにおこなわれるべき執務であった。

しかしながら、家慶はただの一度も御用之間を訪れたことがない。

秘かに「目安箱の管理人」と称されていた橘右近に聞いたはなしゆえ、まちがいなく真実であろう。あらためて考えてみるに、家慶がいつ何処で目安箱の訴状に目を通しているのかは判然とせず、それは下の者たちが探ってはならぬ秘密でもあった。

「八つ刻には、目安箱読みの儒者《じゅしゃ》が侍《はべ》るそうです」

自分だけが秘密を知っているかのごとく、西谷は自慢げに告げてくる。

「儒者の名は師角寒山《もろずみかんざん》、お聞きおぼえは」

あるにはあるが、本人を目にしたことはない。

「長崎《ながさき》へ遊学しておられたとかで、今から半年ほど前、二年半ぶりに目安箱読みの大役を仰せつかったと伺いました」

いったい、誰に聞いたのか。

おそらく、小納戸方や小姓のあいだで交わされている噂のたぐいであろう。

幕府お抱えの儒者といえば林《はやし》羅山《らざん》を祖とする林家《りんけ》だが、林家の当主には文書行政に関与したり、朝鮮通信使を応接したり、昌平坂《しょうへいざか》の学問所を統括したりといった煩雑《はんざつ》な公務がある。公方のそばに侍る目安箱読みも重要な役目ではあろうが、林家の口添えでそれなりに優秀な儒者が出仕しているようだった。

師角寒山も、そうした儒者のひとりにすぎまい。

家慶が上座で悠然と香煎を啜り、寒山なる儒者が下座で目安箱の訴状を朗々と読む。

そうした場面を脳裏に描きつつ、蔵人介は西谷の漏らした「半年ほど前、二年半ぶり」という台詞を反芻していた。

役目を離れたのは、今から三年前か。

理由はわからぬが、どうも引っかかる。

「さあ、出仕にござりますぞ」

西谷はさきに立ち、下乗《げじょう》橋を渡っていった。

橋向こうの左手には百人番所があり、そこからは中《なか》ノ門、中雀門《ちゆうじやくもん》と潜って本丸《ほんまる》の玄関へ向かう。

不安を拭えぬのは、香煎にふくまれた茴香の香りをおもいだしたせいかもしれない。その酸っぱいような残り香を何処かで嗅いだような気もしたが、蔵人介はどうしてもおもいだすことができなかった。

九

藪入りのせいか、市中の寺社には大勢の人が集まっている。

なかでも蔵前天王町《てんのうちよう》の華徳院《けとくいん》には、閻魔詣での人集《だか》りができていた。

華徳院の閻魔像は江戸随一の大きさを誇り、正月十六日からの三日間と文月《ふみつき》十六日の藪入りのあいだのみ開帳される。同院の閻魔詣では矢背家の恒例行事なので、市ヶ谷からわざわざ足を延ばして参道の喧噪《けんそう》に紛れていると、西谷弥五郎の言ったことなどすっかり忘れてしまった。

途中で志乃や幸恵とはぐれてしまい、仕方なくさきにひとりで帰路をたどる。

浄瑠璃坂まで戻ってくると、串部が待ちかまえていた。

「殿、待ちくたびれましたぞ」

やけに機嫌がよい。密命の裏を取ったのだろう。

「仰せのとおりにござる。稲田屋軍兵衛は田所刑部の紹介で、大身旗本二十数人に大金を貸しつけておりました」

総額は五万両にも達するという。

「しかも、勘定奉行の田所は幕府の重要な施策を内々に稲田屋へ伝えていた節がございます」

「重要な施策とは、棄捐令か」

「いかにも」

いまだ幕閣の一部しか知らぬ機密を、札差に漏らしただけでも首が飛ぶ。

となれば、命を懸けるだけの見返りがあるということになろう。

ふたりは前後になり、坂道を上りはじめた。

串部が前歯を剝き、追いすがってくる。

「稲田屋はなんと、札差仲間に廃業届けを出しましたぞ」

「ほう、店をたたむのか」

蔵前を牛耳《ぎゅうじ》る札差の株であれば、商売をやっている者なら誰でも喉から手が出るほど欲しいはずだ。ましてや、金の余っている同業者なら、旗本への貸付分を肩代わりしてでも手に入れようとするだろう。

もちろん、稲田屋以外の札差は棄捐令の発令など知らず、念頭にすらない。そのことが前提のはなしだ。廃業届けは即刻受理され、とりあえずは仲間内で貯えた金蔵から稲田屋へ大金が支払われる段取りになったらしい。

「ひとりだけ勝ち逃げするつもりでござる。おそらく、勘定奉行への報酬は廃業の対価から支払われるものと」

「なるほど、そういう筋書きか」

「これを放っておけば、幕府の沽券《こけん》は地に堕ちるどころか、割を食う札差どもが叛《はん》乱《らん》を勃《お》こしますぞ」

札差の扱う資金量は莫大なので、日の本全体の金繰りが滞ってしまう恐れもある。そうなれば、一番困るのは棄捐令を発布する幕府そのものであろう。

稲田屋と田所だけが高みの見物と洒落《しゃれ》こむにちがいない。

いずれにしろ、目安箱への訴えは正しかったことになる。

蔵人介は足を止め、眸子《まなこ》を宙に遊ばせた。

「目安箱に訴えた勘定方は、さぞかし無念であったろうな」

「仰せのとおりにござる。重村彦之進なる勘定方は、齢二十五の真っ正直な若手でございました。勘定奉行の不正を鋭く見抜き、悩んだあげくに訴状をしたためた。愛しい若妻と乳飲み子があったにもかかわらず、目安箱へ訴状を投函《とうかん》したのち、潔く腹を切ってしまわれたのです。しかも、重村家はわけのわからぬ理由で、家名断絶の憂《う》き目をみようとしております」

おおかた、田所刑部が手をまわしたのだろう。

「御庭番の調べも、手緩《てぬる》いと言わざるを得ませぬな。それがし、久方ぶりに腹が立って仕方ありませぬ。殿、さっそく、今宵にでも密命を果たしましょうぞ」

「待て」

「えっ」

何を待つのかという顔で、串部は睨みつけてくる。

「何か気になることでもおありですか」

「いいや」

確証もないのでお茶を濁すと、串部は顎を突きだした。

「じつは今宵、稲田屋が百川に席を取っております。相手が田所刑部なら、まとめて密命を果たす好機かと」

「わかった、まいろう」

蔵人介は観念したように漏らし、坂を上りはじめた。

あいかわらず、薄曇りの空に明るい光が射す兆しはない。

刻限すらも判然とせぬが、八つ刻（午後二時）を過ぎたあたりであろう。

家に戻ってみると、隣家から竹刀《しない》を打ちあう音が聞こえてきた。

庭のみえるところへ向かうと、熱心にみつめる先客がいる。

「卯三郎ではないか」

「あっ、養父上《ちちうえ》」

「稽古の帰りか」

「はい」

卯三郎は神道無念流《しんとうむねん》の免許皆伝、九段《くだん》坂上の練兵館《れんぺいかん》では館長の斎藤弥九郎《さいとうやくろう》から師範代を任されていた。

「あれをご覧ください」

中村平九郎が子の平吉に剣術の稽古をつけている。

稽古に熱がはいっているせいか、塀越しにみつめるこちらに気づいていない。

父は息子の繰りだす突きを軽々と躱《かわ》し、息子の面や肩を容赦なく叩きつける。

それでも、平吉はめげずに突きを繰りかえし、息を切らせながらも、父の教えに耳をかたむけた。

——びしっ、ばしっ。

卯三郎が感じ入ったようにうなずく。

「さきほど、中村さまが手本を披露なされました。なかなかどうして、手強《てごわ》い突きにございます。反動をつけぬあの動き、おそらくは四天流の刺《さ》し面《めん》かと」

「四天流か」

何処かで聞いた流派だ。

「難しい技を、よう見抜いたな」

「三日前、偶《たま》さか同流の剣客と立ちあう機会を得たもので」

「勝ったのか」

「無論です」

「ふふ、愚問であったな」

蔵人介は笑いながらも、四天流の刺し面なる技を脳裏に描く。

「やっ」

鋭い気合いとともに、平吉が父の胸に突きこんでいった。

――ばしっ。

父は躱すと同時に、子の左肩を打ちぬく。

「あの子は、強うなりますぞ」

卯三郎が庭から目を離さずに言った。

蔵人介にも異論はない。

男の子は「つ離れ」の十になれば、剣術の適性がおのずとわかる。

大坂へ行った実子の鐵太郎《てつたろう》には残念ながら才がなく、隣家の卯三郎はすぐにそれとわかる剣術の才を備えていた。

ゆえに、鬼役を継がせたいと望んだのである。

剣術に長《た》けた者でなければ、難しい密命に応じることはできない。

鬼役は過酷な役目だけに、継がせるほうにも迷いはあったが、卯三郎自身が望んだ道にほかならなかった。

串部が後ろから尋ねてくる。

「今宵のお役目、卯三郎どのにもおはなしいたしましょうか」

「そうだな」

はなさねばなるまい。ともに修羅場《しゅらば》へおもむき、経験を積ませねば、鬼役を継がせることはできないからだ。

「伺いましょう」

卯三郎は意を決したように言い、庭に背を向ける。

竹刀の交わる音を聞きながら、蔵人介もあとにつづいた。

十

頭上には、わずかに欠けた寒月《かんげつ》がある。

「立待《たちまち》の月か」

夜陰《やいん》に紛れ、福徳《ふくとく》稲荷のそばに潜んだ。

串部の調べによれば、稲田屋軍兵衛が『百川』で会っている相手は勘定奉行の田所刑部ではない。札差の肝煎《きもい》りらしく、どうやら、株の譲渡についての話し合いが持たれるようだった。

「養父上、どういたしますか」

卯三郎が決行の有無を尋ねてくる。

迷いをみせぬよう、蔵人介はうなずいた。

「やる。今宵のうちに決着をつけねばならぬ」

「かしこまりました」

卯三郎の腰には、十人抜きを達成した褒美《ほうび》に斎藤弥九郎から貰った秦光代《はたみつしろ》の銘刀が差してある。

すでに、刀身は人の血を吸っていた。

初めてではないにしろ、人を斬るのに戸惑いがないはずはない。

戸惑いや躊躇《ためら》いは失態に通じ、命を落とす危うさも増す。

精神の脆《もろ》さを克服するためには、場数を踏ませる以外に方法はなかった。

「養父上、拙者にやらせてください」

こちらの気持ちを察したかのように、卯三郎が漏らす。

蔵人介は黙然《もくねん》とうなずいた。

卯三郎は脇をみつめ、口許を弛める。

「なるほど、あれがにんべん勝男武士にござりますか」

「ん、そうだ」

「養母上が仰いました。にんべんの鰹節は高価すぎて容易に使えぬと。それがしも、鰹節をふんだんに使った百川の味噌汁が呑みとうござります」

「ふふ、そのうちにな」
緊張をほぐすために言ったのだろう。
『百川』の味噌汁を呑めば、少しは寒さも和《やわ》らぐかもしれない。
卯三郎は両手を擦《こす》りあわせ、はあっと白い息を吐きかけた。
指の硬直は命取りになる。役目のまえには欠かせぬことだ。
卯三郎は教えたとおりのことをやり、密命に挑む気構えをみせた。
あとは心持ちを平らに保ち、的があらわれるのを静かに待てばよい。
的を人とはおもうなと教えた記憶もある。
瓜とおもえと言った。
脳天を砕いても、瓜ならば心は痛むまい。
だが、蔵人介は正直なところ、人を瓜とおもったことなど一度もなかった。
肉を斬った感触や骨を断った衝撃は、血腥《ちなまぐさ》い臭いともども身に染みついている。
人を斬った罪の意識から逃れるために、蔵人介は狂言面をいくつも打ってきた。
ことに数多く打ったのは武悪《ぶあく》、閻魔の顔を象《かたど》った面である。
打ったばかりの武悪面は、懐中に忍ばせてあった。それを顔に付ける。
「おぬしも付けろ」

「はっ」

卯三郎が顔に付けたのは、蔵人介が魂を込めて打った大癋見《おおべしみ》の面であった。

ぎょろ目を剝いて口をしっかり結んだ面は、鞍馬山《くらまやま》の天狗《てんぐ》を象ったものらしい。

体術に優れた卯三郎の素早い動きは、まさに、鞍馬山で修行を積んだ牛若丸《うしわかまる》を彷《ほう》彿《ふつ》させた。

大癋見の面を付ければ、自然と心も引きしまるであろう。

よもや、失敗《しくじ》りはあるまい。

と、蔵人介は胸につぶやく。

そこへ、宝仙寺駕籠の気配が近づいてきた。

何故か、串部は戻ってこない。

面同士で顔を見合わせたが、踏み留まる理由にはならなかった。

駕籠かきの鳴きもないまま、的を乗せた駕籠があらわれる。

「まいるぞ」

「はっ」

ふたりは同時に飛びだし、往来の左右に散った。

気づいた駕籠かきが駕籠を捨て、暗闇に逃げていく。

卯三郎は刀を抜いて素早く迫り、駕籠の真横を刺し貫いた。
「あっ」
空を突いたのがわかる。
卯三郎は垂れを捲った。
おもったとおり、誰もいない。
背後の河岸から、人の気配が迫ってきた。
前方からも、人影がばらばら駆けてくる。
「罠《わな》か」
駕籠の前後を取りかこまれた。
前に四人、後ろは五人、合わせて九人の刺客は黒い布で面相《めんそう》を隠している。
風体から推すと、食いつめた浪人者のようだ。
後ろの五分《ごぶ》月代が、一歩踏みだしてきた。
「誰かは知らぬが、死んでもらう」
三尺に近い刀身を抜いた途端、ほかの八人も一斉に抜刀する。
寒月の心許ない光が、林立する刃を蒼白《あおじろ》く浮かびあがらせた。
大癋見の面が振りむき、斬ってもよいのかと同意を求める。

武悪の面は首を横に振り、みずから五分月代に対峙《たいじ》した。

ほかの八人を追い払うためには、ひとり目をたじろぐほどの一撃で斃《たお》さねばならぬ。

卯三郎にはまだ、そこまでの力量と余裕はない。

誰かに雇われただけの浪人を斬ることで、余計な業《ごう》を背負わせたくもなかった。

「ふん、閻魔が相手か」

五分月代は、ふんと鼻を鳴らす。

青眼《せいがん》に構えた物腰は、なかなか堂に入っていた。

腕におぼえがあるのだろう。

蔵人介は抜刀せず、爪先でじりっと間合いを詰める。

「ほほう、居合を使うのか。されど、わしには通用せぬぞ。唐津藩でも一、二を争う四天流の手練《てだれ》ゆえな」

「ん」

面の下で、蔵人介は顔を顰《しか》めた。

喋った内容もさることながら、声音に聞きおぼえがある。

「ぬおっ」

隙をみせた瞬間、刀の切っ先が鼻先に迫ってきた。
反動をつけぬ不意打ち。
刺し面か。
されど、蔵人介は瞬時に見切っている。
「はっ」
鋭い気合いを発し、抜刀する。
――きゅいん。
鳴狐が鳴いた。
相手の脇胴を抜き、擦れちがったときには刀身を鞘《さや》に納めている。
――ちん。
鍔《つば》鳴《な》りが響いた。
八人は身じろぎもできず、ごくっと唾を呑みこむ。
「まだじゃ」
五分月代の浪人が叫んだ。
身を捻《ひね》るや、脇腹の肉がぱっくり裂ける。
――ぶおっ。

どす黒い血が、奔流のように噴《ふ》きだした。

裂け目は大きく開き、腰から上の胴だけがずり落ちる。

残された下半身は根が生えたように、地べたにしっかり立っていた。

「ひっ、ひぇぇえ」

浪人のひとりが叫び、尻尾《しっぽ》を巻いて逃げだした。

すると、ほかの七人も先を争うように逃げていく。

蔵人介は屍骸のそばに近づき、上から顔を覗きこんだ。

「やはり、おぬしか」

語りかけた相手は、安本六兵衛という浪人者だ。

湯島天神裏の貧乏長屋に住み、酒に溺れたあげく、中村平九郎の妻女を相手に、みずからの境遇を嘆いていた。蓮のまことの夫かもしれぬ男である。

卯三郎は面を外し、そばに寄ってきた。

「ご存じなのですか」

「ああ」

蔵人介も面を外してうなずいたが、説明をするのは難しい。

脇胴を抜きかけた刹那《せつな》、ふいに酸っぱい香りを嗅いだ。

そのとき、香りの正体が香煎に入れる茴香だと察した。

同じ香りを、蓮も微かに漂わせていたのだ。

そのことが何を意味するかはわからない。

——ふん、わしだってな、稼ぎの手蔓を摑んだぞ。滅多にお目にかかれぬ大金が手にはいるのだ。

安本は酔った拍子に、蓮に向かって喚《わめ》いていた。

自嘲《じちょう》気味に発した「稼ぎの手蔓」とは、今宵の襲撃をさしていたのかもしれない。

いったい誰が、何のために、この男を雇ったのか。

混乱する頭を横に振ると、正面の暗闇から跫音が聞こえてくる。

汗だくで駆けてきたのは、串部だった。

「殿、稲田屋が裏口から逃げました」

「そうか。どうやら、嵌《は》められたようだな」

嵌められたにしても、理由がわからない。

串部は凄惨な屍骸をみつけ、ぎょっとする。

「こやつは何者でござりますか」

「おそらくは唐津藩の元藩士、藩でも名の知られた四天流の遣い手だ。しかも、隣人の妻女のまことの亭主かもしれぬ」

「へっ、何を仰る」

「わからぬであろうな。わしにもわからぬ」

ただ、三年前に引導を渡した人物は、唐津藩の江戸留守居役だった。名は和多田忠左衛門《わただちゅうざえもん》、忘れてしまいたい名のひとつでもある。

「これはこれは、妙なことになってまいりましたぞ」

串部は眉間に皺《しわ》を寄せつつも、調べを進めたくてうずうずしだす。

隣人の中村平九郎は、三年前の出来事と接点があるのだろうか。

少なくとも、妻女を装った蓮については、ありそうな気もする。

ならば、不審火の疑いが掛かる母親はどうなのか。

「隣は何をする人ぞ」

と、串部はつぶやく。

隣家を調べてみる価値はありそうだなと、蔵人介はおもわざるを得なかった。

十一

翌朝、幸恵に隣家の様子を尋ねると、蓮は風邪をひいて寝込んだ母の面倒を甲斐《かい》甲斐《がい》しく看《み》ているようだという。

昨日までと様子が変わったのは、近所に住む連中のほうだ。

御納戸町で暮らす者の多くは、城勤めの小役人とその家人《けにん》である。

稲荷明神の不審火以来、誰もが中村家に冷ややかな眼差しを送っていた。

直に事の真相を糺すべきだとの声もあがり、通常なら隣人の蔵人介に白羽《しらは》の矢が立つところであったが、厄介な役目をみずから進んで引きうけたのは、小納戸役の西谷弥五郎だった。

「みなさまのお役に立てばと存じます」

御膳運びの役を降ろされた西谷が嬉々として公言し、新たな活躍どころでもみつけたかのように、勇んで家を飛びだした。

蔵人介は居心地の悪さを感じたが、志乃や幸恵を連れて外へ繰りだした。

中村平九郎は家におり、冠木門のそばには町内の連中が集まっている。

西谷に任せたとはいえ、やはり、顚末《てんまつ》が気になるのだろう。

「とんだ見世物じゃな」

志乃は苦々しげに吐きすてつつも、人垣を掻き分けて最前列に陣取る。

「たのもう、たのもう」

西谷は表口で反《そ》っくり返り、大声を張りあげた。

誰も出てこないので、一段と大きな声を出す。

「中村どの、稲荷明神の不審火をご存じか。御家の御母堂に疑いが掛かっておる。申し開きがござるなら、はなしを聞こう」

何とも、礼を欠いた物言いだ。

最初から、母親を下手人扱いしている。

西谷はこちらを向き、どんなもんだと笑ってみせた。

応援されていると勘違いしたのか、拳《こぶし》で戸をどんどん敲《たた》きだす。

「隠れておらず、潔く出てまいられい」

つぎの瞬間、がらっと引き戸が開いた。

当主の中村平九郎が、仁王立ちで立っている。

背後には寝所から起きてきたらしい町と、弱った町をかたわらで支える蓮のすがたも見受けられた。

「逃げも隠れもいたしませぬ」

中村は毅然《きぜん》と発し、西谷を怖《お》じ気《け》づかせた。

が、西谷は気を取りなおし、町に向かって凄《すご》んでみせる。

「不審火におぼえは。ござるなら、正直に罪を認めなされよ」

怯える母の肩を、娘は涙目で抱きよせる。

中村はふたりに優しくうなずき、ぐいっと胸を張った。

「ご近所のみなさまに申しあげる。天地神明《てんちしんめい》に誓って、わが義母《はは》は不審火に関わっておりませぬ」

人垣は、しんと静まりかえる。

信じるに足る態度だと、蔵人介はみてとった。

どうやら、志乃や幸恵も同じおもいを抱いたらしい。

西谷もことばが出なくなり、すごすごと戻ってきた。

中村は蔵人介を目敏《めざと》くみつけ、軽く会釈をする。

蔵人介は一歩前に踏みだし、ゆっくりと玄関に近づいた。

志乃も幸恵もほかの連中も、固唾《かたず》を呑んでみつめている。

中村も黙って睨みつけ、町と蓮は怯えた目を向けた。

「すまぬ」

蔵人介は謝罪を述べ、深々と頭をさげる。

「たいせつな隣人であるにもかかわらず、おぬしを疑ってしまった。このとおりだ、許してほしい」

謝罪のことばが胸に響いたのか、中村は声を震わせた。

「……な、何故、そのように、謝らねばならぬのですか」

「非を認めれば謝る。あたりまえのことをしたまでだ。母上を労《いたわ》ってくだされ。何か困ったことがあれば、遠慮のうご相談を。後ろの連中は気にせんでいい」

「かたじけのう存じます」

中村が頭を垂れると、町と蓮は我慢できずに涙を流す。

冠木門まで戻ってくると、志乃に褒められた。

「ようやった。それでこそ、矢背家のご当主じゃ。それにしても、仲の良い家族ではないか。のう」

表口の端には、鉢植えの福寿草がひっそり咲いている。

志乃は鉢植えをみつめ、にっこり微笑んだ。

晩になり、またもや、妙な出来事があった。

中村家から、赤子の泣き声が聞こえてきたのだ。

蔵人介には事情が推察できた。

安本六兵衛を葬ったことで、蓮は湯島天神裏の長屋に乳飲み子を置いておけなくなったのだ。

「あれは夜泣きじゃな」

志乃は事情を知りたがったが、蔵人介は何も語らなかった。

わからないことが多すぎる。すべてわかった段階で説明しても遅くはあるまいと判断したのだ。

一方、札差の稲田屋軍兵衛にも動きがあった。

串部が蔵前の店を訪ねてみると、蛻《もぬけ》の殻《から》だったという。

身の危険を感じて、何処かへ雲隠れでもしたのだろう。

的を逃したことよりも、罠を張られた理由が知りたかった。

それゆえ、蔵人介は卯三郎を連れて浮世小路の『百川』へ出向き、顔見知りの女将《おかみ》に客の素姓を尋ねた。

女将は言い渋ったが、粘り腰で質《ただ》すと重い口を開いた。

まず、稲田屋が会っていた相手は、札差の肝煎りではなかった。

「お名前もご身分もわかりかねます。嘘ではございませぬ」

見た目は、慈姑《くわい》頭の五十男であったという。

「慈姑か」

「へえ、鍋の具にする慈姑にございります」

慈姑は根から伸びた丸い塊茎《かいけい》を食べる。茹《ゆ》でて皮を剝き、煮ふくめても煮崩れしないため、寄せ鍋の具に好んで使われた。しかも、鶏卵や小麦粉と練りあわせて油で揚げれば、ねっとりした甘い味わいを堪能《たんのう》できる。

そうした慈姑に喩《たと》えられる髪と言えば、町医者を連想させるが、稲田屋を下座に置いて上座に座った客は、光沢のある絹地の高価そうな着物を纏《まと》っていたらしい。

しかも、酒を嗜《たしな》まず、代わりに香煎を所望《しょもう》したという。女将はその男から稲田屋を裏口へ導くようにと指図されたのだった。

「してみると、四天流の刺客を差しむけたのは札差ではなく、慈姑頭の人物ということになりますね」

卯三郎が思案しながら、同意を求めてくる。

おそらく、そうなのであろう。

安本六兵衛は、慈姑頭の男から殺しを請けおったのだ。

足が重いせいか、家までの道程が遠く感じられた。

「いったい、何者でござりましょう。どのような理由でわれわれを襲わせたのか、皆目《かいもく》見当もつきませぬ」

襲わせた理由はわからぬが、慈姑頭の正体ならば見当がつかぬではない。はからずも、西谷弥五郎に聞いた逸話から頭に浮かんだ人物であった。

されど、今はまだ、その名を口にするわけにはいかない。

卯三郎は聞きたそうにしたが、蔵人介は口を結んだ。

家に戻るころには、夕暮れになっていた。

着替えて縁側で寛《くつろ》いでいると、串部が中庭を突っ切ってくる。

「殿、おもしろいことがわかりましたぞ」

三年前の密命について、少し調べてみたのだという。

「あのとき成敗《せいばい》したのは三人、札差の伊野屋文右衛門、唐津藩江戸留守居役の和多田忠左衛門、それから、蔵奉行の中村兵庫《なかむらひょうご》にござりましたな。そのうち、伊野屋は取りつぶしになり、和多田家も家名断絶となりましたが、蔵奉行の中村家だけは辛うじて命脈《めいみやく》を保ちました。当主は切腹、さらに知行召上という厳しい沙汰が下されたものの、ご先祖の忠心に免じて家名だけは保たれたのでござる」

中村家を継いだのは母方の親戚筋であったが、新たな当主はすぐに病で亡くなり、母は何処からか末期《まつご》養子を迎えいれた。その末期養子にたいして、こちらも何処からか嫁を迎え、しばらくは小普請《こぶしん》入りに甘んじていたという。

「ところが、上に顔が利く誰かの口添えで、ついせんだって御役を得ました。挑燈奉行の御役にございます」

「何だと」

「ふふ、もう、おわかりでしょう。三年前に成敗した蔵奉行の家が、お隣に引っ越してこられた中村家なのです。偶然にございましょうか。ついでに言わせてもらえば、ご当主である平九郎さまの旧姓は、天祐なるめずらしい姓にございます。聞けば、天祐とは肥前にある姓だとか」

「肥前と申せば、唐津藩か」

「いかにも。殿が引導を渡した和多田忠左衛門は、唐津藩の江戸留守居役にございました。さきほども申しあげたとおり、和多田家は家名断絶の憂き目をみましたが、藩内でも美しいと評判の一人娘がおりました」

「娘の名は」

「驚くなかれ、蓮と申したそうで」

串部は唐津藩の藩士たちを誑《たら》しこみ、そうしたはなしを聞きだしたのだという。

「唐津藩の中屋敷は、根津権現《ねづごんげん》の近くにござります。殿が蓮どのに導かれていった裏長屋は、目と鼻の近さにござりました。臓物《ぞうもつ》を晒《さら》した安本六兵衛は、和多田家の娘婿だったのではあるまいか。落ちぶれても、心の片隅では再起を期待し、藩邸のそばから離れられなかったのかも」

見当違いの筋読みではない。

隣家の者たちはおそらく、何らかの意図で集められた仮の家族なのだ。そして、三年前の出来事に繋がっている。少なくとも、母役の町と娘役の蓮は、蔵人介が成敗した者たちの遺族なのである。

「さても不思議なはなしにござる」

串部は呆《あき》れたように溜息を吐いた。

ひとつだけあきらかなことは、ばらばらになった数珠玉《じゅずだま》を糸で結びつけた人物がいるということだ。しかも、蔵人介に悪意を抱いている。見も知らぬ相手に恨まれるおぼえはないが、抹殺《まっさつ》したくなるほどの悪意を抱いているとしたら、その理由を是非聞いてみたい。

「それがしもでござる」

串部は不敵にも、薄闇のなかでにっと白い歯をみせた。

十二

二日後、曇天。

宿直明けの午後、蔵人介は串部をともない、桜田濠沿いの土手道を歩いていた。

耳を澄ませば、枯れ葦《よし》のざわめきに紛れ、艶めいた華厳経が聞こえてくる。

「一即一切、一切即一、一入一切、一切入一……」

尼僧姿の里が、糸遊《いとゆう》のごとく揺れながら近づいてきた。

「くノ一め、おいでなすったな」

串部が舌舐めずりをしてみせる。

ゆっくり近づくと、里は足を止めて頭を垂れた。

「札差の稲田屋軍兵衛が、昨夜、河豚毒を啖《くら》って死にました。島田町《しまだちょう》の妾宅《しょうたく》に隠れていたようです」

「一服盛られたのか」

「さて、確たる証拠はござりませぬ。ついでに申しあげれば、近々、勘定奉行の田所刑部に切腹の沙汰が下されます」

「ほう、初耳だな」

御庭番が意地をみせ、田所刑部の悪事を暴いた。

「それが姉小路さまのお耳にはいり」

「鬼役は御役御免というわけか」

「仰せのとおり」

「ふっ」

蔵人介は自嘲し、里の顔を覗こうとする。

「それで、頼んだ件はどうなった」

「お調べいたしました。矢背さまの見込まれたとおり、目安箱の訴状は二枚とも儒者が書きくわえたものかと」

「何故、そうおもう」

「二枚目の訴状を手に入れました。本来であれば、匿名《とくめい》ゆえに読みあげられるはずのない訴状にござりましたが、訴人《そにん》の筆跡《て》をまねて『重村彦之進』と、腹を切った訴人の名が記されてござりました」

素人ならば判別も難しかろうが、くノ一の目をごまかすことはできなかった。

蔵人介は納得顔で念を押す。

「本来は取りあげられぬはずの訴状が、上様の関心を引くように仕向けられた。そういうわけか」

「いかにも。訴人の重村さまは取りあげられたことを内々に告げられ、自責の念を感じたのでござりましょう」

告げた者の見当はついている。が、里はなかなか名を明かさない。

蔵人介は、訴状のことを掘りさげた。

「して、三年前の訴状は」

「破棄されておりました。ただし、亡くなった橘右近さまが書付を残しておいでに。そのことをお教えくださったのは、公人朝夕人《くにんちょうじゃくにん》の土田伝右衛門《つちだでんえもん》さまにござります」

「そうか、伝右衛門も動いてくれたのか」

「おひとがわるい。すでに、ご承知かと」

公人朝夕人の役目は公方の尿筒《しとづつ》持ちだが、いざとなれば公方の命を守る最強の盾になる。伝右衛門は橘の子飼いとして長く仕え、ともに何度となく修羅場を潜りぬけてきた仲間でもあった。

「橘さまの書付には、匿名の訴状であった旨《むね》が記されてございました。ただし、見過ごせぬ案件ゆえ、上様の御座所《ござしょ》で儒者に読ませたうえでお取りあげになったと。橘さまはその理由を、目安箱読みの儒者からの進言によるものと、別に記しておいでです。されど、三年前の訴状、儒者が書いたものではないかと、わたくしは疑っております」

「ほう。されば、儒者の名を教えてもらおうか」

「師角寒山にございます」

ぴくっと、蔵人介は眉尻を吊りあげる。

「慈姑頭の五十男か」

「いかにも」

浮世小路の『百川』で、札差の稲田屋と会っていた男にまちがいない。

そして、稲田屋に毒を盛ったのも、寒山であろう。

蔵人介は前のめりになった。

「寒山のこと、調べたのか」

「はい。三年前、林家の紹介でお城勤めとなりました。実家は大坂の薬種《やくしゅ》問屋でしたが、抜け荷に絡んで闕所《けっしょ》となり、若い時分はたいそう苦労したようです」

何年経っても貧乏暮らしから抜けだすことは難しく、学問は修めたものの、方々に借金をこしらえた。

「ことに、札差の伊野屋には五百両もの借金がありました」

「伊野屋に五百両か」

「おそらく、それが三年前に偽《にせ》の訴状をしたためた理由かと」

「借金を帳消しにするため、札差を嵌《は》めたのか」

目安箱読みの儒者という立場を利用し、みずからの手になる偽の訴状を読みあげ、公方家慶の注意を引いた。それが橘右近の密命に繋がったのだ。

「一介《いっかい》の儒者づれが、上様のご威光を得手勝手《えてかって》に使った。真実《まこと》ならば、それだけで万死《ばんし》に値する罪にござりましょう。なるほど、伊野屋の悪事は許し難きものにござりましたし、唐津藩の重臣や蔵奉行まで絡んでおったゆえ、さすがの橘さまも肝心なことを見過ごされたのやもしれませぬ」

密命にしたがい、蔵人介は三人を成敗した。成敗したことに誤りはない。ただ、密命が別の悪人に導かれたものであったとすれば、放っておくことはできまい。

「あまりに事が上手《うま》く運んだため、寒山は恐ろしくなったのやもしれませぬ。しばらくは江戸を離れておりましたが、ほとぼりを冷まして舞いもどってきた。そして、性懲《しょうこ》りも無く、同じような企みを試みました。調べてみますと、寒山は稲田屋からもけっこうな借金をしておりました。されど、こたびの仕掛けは、稲田屋軍兵衛を亡き者にするためではないと、わたくしはみております」

里が黙ったので、蔵人介は急《せ》くように質す。

「されば、寒山の目途《もくと》は何だと」

「ひょっとしたら、矢背さまのお命を狙っておるのやも。何せ、浮世小路のこともございます」

「存じておったか」

「はい。野良犬どもを率いた安本六兵衛は、唐津藩では指折りの剣客にございました。剣術の力量を見込まれて、和多田家の婿養子になった。出世は意のままとおもったやさき、義父の忠左衛門が矢背さまに成敗された。家は改易となり、安本も藩を逐《お》われたのでございます。そのさきは、わかりませぬ。酒に溺れて自暴自棄となり、金を貰えば人斬りでも何でもやる。高慢な剣客が落ちぶれて行きつくさきは、地獄以外にございませぬ」

「娶《めと》った妻と別れずにいたのは、乳飲み子のためか」

「いいえ、お金のためでござりましょう。妻はうらぶれた亭主のためではなく、乳飲み子を養うために、儒者の囲い者《かこもの》になった」

「何だと」

蔵人介は目を瞠《みは》る。

里は顔を背けた。

「わたくしの邪推《じゃすい》かもしれませぬ。されど、矢背さまの隣家をそっと窺い、茴香の香りを嗅いだとき、寒山との繋がりを勘ぐらざるを得ませんでした。自分が破滅させた家の娘を囲い者にしたのだとすれば、非道なおこないと言わざるを得ませぬ。ともあれ、矢背さまのことを知ってか知らずか、おそらくは何も教えられぬまま、隣家へ送りこまれたのではないかと」

「送りこまれた」

眉を顰める蔵人介に、里は薄く笑いかける。

「すでにお調べかと存じますが、母親は矢背さまが亡き者にした蔵奉行の実母、子にいたっては伊野屋文右衛門の妾《めかけ》が捨てた子にござります」

「何と、そうなのか」

平吉の素姓を聞き、さすがに驚いた。

いずれにしろ、見事なまでに作られた家族にほかならない。

「家族であれば、隣人となっても怪しまれずに済む。まこと、尋常ならざる用意周到《しゅうとう》さにございます。されど、肝心の当主の素姓がわかりませぬ。物腰から推せば、剣術の力量はかなりのもの。寒山にとっては、そちらが本命かも」

「二の矢になると申すか」

「でなければ、矢背さまの隣人になる意味はござりますまい」

里は断言しつつも、小首をかしげてみせる。

「だとしても、理由がわかりませぬ。一介の儒者が危うい橋を渡ってまで、何故、鬼役の命を狙おうとするのか」

蔵人介は溜息を吐いた。

「本人に聞いてみるしかあるまい」

「やはり、そうなされますか」

ひょうと、風が裾を攫《さら》っていく。

里は上目遣いにみつめてきた。

蔵人介は眸子《まなこ》を細める。

「何か言いたそうだな」

「相手が誰であろうとも、密命無きときは、ただの人斬りとおもえ。御方さまのおことばにございます」

「それも道理。ならば、如心尼さまに密命を請うしかあるまい」

「ふふ、その必要はございませぬ。これを」

里は袂《たもと》に手を入れ、六文銭を取りだす。

「如心尼さまは、すべておわかりにございます」

「さようか」

蔵人介が六文銭を握ると、里はふわりと袖をひるがえした。

十三

御納戸町の家に戻ると、平吉がいた。

ひとりで留守番をしていたらしく、空腹に耐えかねて訪ねてきたのだ。

志乃がみずから焼き結びをつくり、食べさせてやった。

蔵人介を目にすると、平吉は慌てて下を向く。

「この子、重い口を開いてくれましたよ」

志乃は平吉に身を寄せ、頭を撫でてやる。

三年前まで、平吉は別の名を持っていた。伊野屋文右衛門の囲い者だった母親のもとで暮らしていたという。まことの父親が誰かはわからぬが、父代わりの伊野屋は親切にしてくれた。ところが、あるときからすがたをみせなくなり、母親は酒浸《びた》りになったあげく、子をひとり残して行方《ゆきがた》知れずになってしまった。

途方に暮れていたところへ、慈姑頭の男があらわれた。今日から「平吉」と名乗れと命じられ、食べ物を与えられた。江戸の片隅にある見知らぬ商家へ預けられたが、二年半ほど経って、慈姑頭の男がまたあらわれた。今度は幕臣の家の子になれと命じられ、わけもわからぬまま、今日まで過ごしてきたという。

慈姑頭の男の正体も、目途もわからない。同じように連れてこられた町や蓮も、わけがわからぬと言っていた。ただ、素姓を喋ったら命はないと脅されていたし、事を成し遂げたあかつきには幾ばくかの報酬を与えると言われたので、黙ってしたがうしかなかった。

平吉の語ったはなしは、おおよそ、そのような内容であった。

「よくはなしてくれたな」

嘘を吐きとおす自信もないし、矢背家の方々なら助けてもらえるのではないか。

子どもなりによくよく考えたうえで、平吉は知っていることをすべて正直に告げようと決めたらしかった。

「立派なお考えですよ」

幸恵が煉り羊羹を盆に載せて運んでくる。

平吉は眸子を輝かせ、粉の吹いた羊羹をみつめた。

「さあ、お食べ」

志乃に促され、羊羹をひと切れ摘む。

恐々《こわごわ》と口に入れ、むぎゅっと嚙んだ。

途端に、顔がぱっと明るくなる。

生まれて初めて食べたのだろう。

「美味しいかえ」

「はい」

「ほほ、それはよかった。どれ、わたしも」

志乃もひと切れ頰張り、にっこり微笑む。

「甘いのう。家では食べさせてもらえぬのかえ」

「高価な菓子は買えませぬ。されど、町さまと蓮さまには、よくしていただいております」

「さきほども申したな。ともに過ごした月日は半年に満たぬが、まことの祖母と母だとおもうていると」

「嘘ではありませぬ」

「ふむ、それならばよい。平九郎どののことは、どうおもうておる」

「大好きです。ことに、剣術の稽古が楽しゅうてなりませぬ。まことの父であればよいのにと、いつも心の底から願うております」

志乃は満足げにうなずき、どうだと言わんばかりに蔵人介を見上げる。

「この子はの、優しい父や慈しみ深い祖母や甲斐甲斐しい母のはなしをしてくれた。四人とも血の繋がりのない仮の家族ではあるが、願わくは、このままいっしょに暮らしたいと、この子は涙ながらに訴えたのじゃ。しかもな、仮の祖母と母も同じ気持ちだそうじゃ」

まことの家族になりたいと、ふたりでいつもはなしているという。

「蔵人介どの、血の繋がりだけが家族ではない。赤の他人であっても、まことの家族になることはできる。どのような事情があっても、ともに暮らしたいと願う強い気持ちさえあればな」

志乃の言うとおりだとおもう。

隣家に集められた者たちは、各々に傷を負っている。

おそらく、仮の当主にさせられた平九郎も、何らかの不幸を背負っているのだろう。

本人たちに罪はなく、身内のせいで行き場を失っているのだとしたら、幸せになって当然だとおもうし、できるだけの手助けはしたい。三年前に関わった出来事を清算する意味でも、手助けをしなければならぬとおもう。

しかし、蔵人介には不幸の連鎖を断ち切る自信がなかった。

中村という姓に縛られた平九郎は、十中八九《じっちゅうはっく》、牙を剝いてくるにちがいない。尋常に勝負すべき場面が来れば、受けて立つしかなかった。

無論、刃を合わせれば、どちらかが死ぬ。

生死の如何《いかん》にかかわらず、仮の家族が存続する道はないのだ。

事情を知らぬ志乃と幸恵は、おそらく、本人たちが望めばできぬ相談ではあるまいとおもっている。

込みいった事情を告げるべきかどうか、蔵人介は躊躇《ためら》った。

いったい誰が隣に仮の家族を住まわせ、何をやらせようとしているのか。

筋道を立てて説くとなれば、密命のことも隠してはおけなくなる。

やはり、告げるわけにはいかない。

それに、蔵人介自身、肝心なことがわかっていない。

里の読みどおりだとすれば、何故、目安箱読みの儒者に命を狙われねばならぬのか。あるいは、平九郎が殺しを請けおったのだとすれば、その理由は何か。金なのか、それとも、ほかに理由でもあるのか。

「慈姑頭の男とは、誰のことであろうかのう」

志乃が惚けたようにつぶやいた。

「そやつ、隣人に何をさせるつもりなのか。ひょっとしたら、鬼役の命を狙うておるのやもしれぬの」

さすがに、勘が鋭い。

「隣人ならば警戒せぬであろうし、隙を窺うこともできよう。敵ながら、妙案をおもいついたものじゃ」

幸恵が笑いながら応じた。

「義母上、決めつけるのはまだ早うござりますぞ。ここはどっしり構え、お隣が何をしてくるのか見極めるのも一興かと」

「ふふ、そうよな。亭主が斬りこんできたとしても、返り討ちにすればよいだけのはなしじゃ」

うっかり漏らした志乃のことばを聞き、平吉は咳きこんでしまう。

「おう、すまぬ、すまぬ。戯《ざ》れ言《ごと》ゆえ、聞きながすがよい」

幸恵に背中を摩《さす》られ、平吉は借りてきた猫のように黙りこんだ。

正直に喋らねばよかったと、今さらながら後悔しているようにもみえる。

まさか、隣でこのような会話がなされていようとは、平九郎も想像できまい。

こと矢背家に関していえば、斬りこむ隙を見出すのは難しかろう。

「それで、蔵人介どのは、どうなさるおつもりじゃ」

何もかもわかっているかのように、志乃はこちらを睨みつける。

「どうするのかと言われても、良い思案は浮かびませぬが」

「寝言を申すな。慈姑頭の男をみつけだし、事情を質さねばなるまいが」

「たしかに」

「ならば、家でのんびり羊羹なぞ、食うておる暇はないぞ」

羊羹は食べておらぬし、家でのんびりする気もない。

何なら、今から麴町《こうじまち》の儒者屋敷へおもむいてもよかろう。

蔵人介は大小を腰に差しなおし、追いたてられるように家を飛びだした。

十四

出てきおったなと、平九郎は胸につぶやいた。

「矢背蔵人介、おぬしはいったい何者なのだ」

すらりとした後ろ姿が御納戸町の露地を曲がり、浄瑠璃坂のほうへ向かっていく。

通行人はまばらにいるものの、逢魔刻《おうまがとき》ゆえ、誰かに気づかれる恐れはあるまい。

師角寒山には借りがある。

幕臣の地位ばかりか、挑燈奉行の役目まで与えてくれた。

一介の食いつめ者が、日の目をみることを許されたのだ。

このようなことはあり得ない。夢ではないかとおもった。

公儀の重臣に顔を利かせてくれたのだろうが、いずれにしろ、公方の御前に侍《はべ》ることを許された儒者でなければ、できるはずのないことだ。

一時は寒山を学問の師と仰いでいたこともあった。

今から三年余り前、唐津藩の足軽《あしがる》に甘んじていたころ、麴町にでんと構える儒者屋敷の門を敲《たた》いた。

剣術はできるかと聞かれてうなずくと、その場で弟子にしてもらった。

「学問の前に身分の差はない。貴賤《きせん》を問わぬのが儒者の矜持《きょうじ》だ」

凛然《りんぜん》と発せられた台詞が胸に響いた。初対面のときに聞かされたことばの魔力に、ずっと縛られてきたのかもしれない。

庭師の父はどうしても子を侍にしたいと望み、平九郎は足軽の家へ養子に出された。

正直なはなし、足軽は侍ではないし、故郷に因《ちな》んで「天祐」という姓を名乗った足軽の家は、内職をせねば生活が成りたたぬほどの貧乏所帯であった。それでも、平九郎は藩の剣術道場で天賦《てんぷ》の才を見出され、御留《おとめ》流でもある四天流においては右に出る者がないとまで評された。

されど、剣術だけでは出世を望むべくもなかった。

唐津藩では天地がひっくり返っても、下士が上士になることはあり得ない。市井《しせい》から若い妻を娶り、子宝にも恵まれた。剣が使えぬなら、学問を身に付けるしかないとおもい、無駄を承知で師角寒山の屋敷を訪ねたのだ。

寒山には目を掛けてもらい、平九郎も期待にこたえようと必死に励んだ。

学ぶことの楽しさも知り、充実した日々であったとおもう。
だが、しばらく経って、すべてが暗転する。
愛しい妻が胸を患《わずら》い、乳飲み子にも伝染《うつ》った。
高価な人参を買おうにも、先立つものがない。
悩んだあげく、商家に押し入ろうとおもったほどだ。
ちょうどそのとき、寒山から相談を持ちかけられた。
阿漕な札差を斬れば、望むだけの報酬を与えるという。
悩むことはなかった。人参を買う金が欲しかったのだ。
「くそっ」
おもいだすだに、口惜しさが甦《よみがえ》ってくる。
三年前のあのとき、この手で札差を斬るはずだった。
斬っておれば報酬を手にでき、妻子を失わずに済んだかもしれぬのに。
「一刻遅かったな」
と、寒山に言われた。
札差の伊野屋文右衛門は宴席の際、判で押したように同じ時刻に家へ帰っていた。
ところが、虫の報せでもあったのか、決行日の晩だけは一刻早く見世を出た。

「忘れもせぬ。見世の名は百川だ」

そのせいで、ほかの誰かが札差の首を刎ねた。

報酬目当ての刺客であったという。

のちに、寒山が刺客の正体を教えてくれた。

――鬼役、矢背蔵人介。

寒山に正体を告げられたのは、半年ほどまえのことだ。

唐津藩の足軽を辞め、本郷《ほんごう》の裏長屋で荒《すさ》んだ浪人暮らしをしていた。

何処で調べたのか、寒山がふらりと訪れ、もう一度弟子になる気はないかと誘ってきた。自分は以前より偉くなった。幕臣にしてやってもよいと言われ、ふたつ返事で申し出を受けた。

弟子になって数日後、伊野屋文右衛門を斬ったのは矢背蔵人介という刺客だと聞かされた。

段取りは任せろ、恨んでおるなら斬ればよいと、持ちかけられた。

理由は告げられなかったが、寒山も心の底から恨んでいるという。

刺客を恨む理由は何か、敢《あ》えて尋ねようともおもわなかった。

「鬼役を斬ればよい。斬れば、嫌な思い出もきっと忘れられる」

煽《あお》られて、その気になった。

札差殺しの報酬を貰い損ねたせいで、妻と乳飲み子を失ったのだ。逆《さか》恨みかもしれぬ。されど、誰かを憎まねば、生きていくことはできなかった。

寒山は約束どおり、幕臣にしてくれた。それが人斬りの対価だとしても、拒む理由はなかった。「再起の機会になる」と太鼓判を押されたとき、心のなかにめらめらと蒼白い炎が燃えあがった。

矢背家の隣に引っ越したあとも、来し方の恨みが再燃し、隙あらば斬りかかろうと狙っていた。

ところが、近頃、次第に気持ちが萎《な》えていくのを感じている。

はっきりとした理由はわからぬ。仮の母や妻や子のせいかもしれない。町の好きな福寿草のごとく、家族を装うべく集められた赤の他人に情が移りかけているのだろうか。あるいは、やるせない暮らしのなかに、一条《ひとすじ》の光を見出したような気がするからか。

「わからぬ」

たとい、そうであったとしても、仮の家族に慰みを求めるべきではない。寒山に言われたとおり、やるべき事をやればよいだけのことだ。

「鬼役を斬る」

今はその一点に、すべての気を注がねばなるまい。

矢背蔵人介は疾《と》うに浄瑠璃坂を下り、市ヶ谷御門も潜って、番町の薄闇を遠ざかっていく。

見失ってもかまわない。どうせ、行く先はわかっている。

麹町五丁目のさきで右手の大横町《おおよこちょう》へ折れ、寒山の屋敷へ向かうのだろう。

屋敷は豪壮な門構えの立派な二階屋だが、寒山はそこにいない。

浮世小路の『百川』で、札差の肝煎りと秘かに会っているはずだ。

何の相談かはわからぬし、興味もない。

稲田屋軍兵衛の悪巧みを暴いてやった御礼だと、寒山は自慢げに言った。

稲田屋と裏で通じていた田所なる勘定奉行にも、近々、厳しい裁きが下されるという。

憂慮すべき悪事が露見するきっかけとなったのは、寒山が公方の御前で読みあげた目安箱の訴状であった。

「わしはこれからもこの方法で、幕府に仇なす奸臣を炙《あぶ》りだしていく所存じゃ。わしの子飼いになり、正義の剣をふるうてみる気はないか」

要するに、汚れ役をやらされるのだろう。

それくらいはわかる。寒山は邪魔者を消したいのだ。

鬼役を葬るのは、そうした思惑の流れでもあった。

正直、興味はない。

甘い餌のにおいを嗅がされれば、それだけ胡散《うさん》臭さも増していく。

騙《だま》されているのかもしれぬという疑いも湧いてくる。

そもそも、矢背蔵人介は金のために人を斬るような者ではあるまい。

不審火についても、隣近所から疑惑の目を向けられるなかで、唯一、自分のことばを信じてくれたではないか。

三年前のことも、何らかの事情があったのではないかと、薄々は感じている。

「何を迷っておる。止めるなら、今のうちだぞ」

耳許で弱気の虫が囁いた。

それでも、平九郎は重い足を引きずった。

十五

更待《ふけま》ちの月は亥中《いなか》に昇る。

月が出るころには、師角寒山と対峙しているであろう。

さきほど、屋敷の門を敲き、門番に主人の不在を確かめた。

門前で待っていれば、早晩、寒山は戻ってくる。

引導を渡すまえに、聞いておきたいことがあった。

何故、この命が欲しいのか。

命を奪いたいほどの恨みとは、いったい何なのか。

「三年越しだな」

運命とはわからぬものだ。

公方の御前に侍る儒者が偽の訴状を読みあげ、そのせいで蔵人介に密命が下された。訴状にあった札差らを調べてみると、なるほど、成敗してしかるべき者たちにほかならず、それゆえ、密命を果たすことに躊躇《ちゅうちょ》はなかった。

やるべきことをやったという自負もある。だが、悪人たちにも家族があり、遺された者たちは肩身の狭いおもいをしながらも、生きていかねばならない。こたびばかりは、そのことを思い知らされたような気もする。

寒山が手の込んだ細工を施してくれたおかげと言えなくもない。

わずかでも罪の意識があったからこそ、みずからの奇策で葬られた者たちの遺族に目を掛けていたのだろうか。

いや、そうではあるまい。

世間から弾かれた弱い者たちならば、意のままにできると踏んだのであろう。

あらためて振りかえってみれば、儒者にしては立派すぎる門構えの屋敷だった。

今や、寒山は御城に仕える儒者のなかでも一目置かれ、大名家の留守居役や商人たちからも賄賂《まいない》が絶えないと聞く。

公方という虎の威を借りて姑息《こそく》な策を捻りだし、狡猾《こうかつ》な狐のごとく財を殖《ふ》やし、おのれの権勢を拡げつつある。放ってはおけぬ輩だが、隣人との関わりがなければ気づかずに見逃していたかもしれない。

鬼役の命を狙ったことで、師角寒山は墓穴《ぼけつ》を掘った。

そのことを後悔しながら、地獄に堕ちればよかろう。

雑念が浮かんでは消え、じりじりとした刻が過ぎていく。

ふと、空を見上げれば、寒月が昇っていた。

「亥中の月か」

つぶやいたところへ、駕籠の気配が近づいてくる。

蔵人介は、さっと身構えた。

小者の持つ挑燈が揺れ、つづいて宝仙寺駕籠があらわれた。

駕籠を担ぐ先棒の動きをみれば、人を乗せているのはあきらかだ。

蔵人介は武悪の面を付け、駕籠の前面へ躍りでた。

「ふえっ」

殺気を感じた駕籠かきたちは、一目散に逃げていく。

頬被《ほっかむ》りの小者だけは逃げず、挑燈で足許を照らしていた。

駕籠の垂れが捲れあがり、慈姑頭の五十男があらわれる。

「やはり、来おったな」

余裕の笑みを浮かべてみせた。

罠でも仕掛けたつもりなのか。

「今宵、ようやくにして鬼役の命を絶つことができる。あれから三年、このときを指折り数えて待っておった」

落ちついた聞きとりやすい声だ。声のおかげで、目安箱読みの地位を得たのかもしれない。

蔵人介は面をかたむけた。

「この身を葬りたいがために、手の込んだ小細工を施したのか」

「さよう。三年前は、鬼役のことなど知る由もなかった。運よく目安箱読みの御役に就き、邪魔者の札差を亡き者にする妙案をおもいついた。危うい企てであったがな、身の破滅から逃れるにはやるしかなかった。偽の訴状であろうとなかろうと、札差の悪事を上様のお耳に入れれば、早々に公儀が裁いてくれるものとおもうておったのだ」

思惑どおりに事は運び、札差や唐津藩の江戸留守居役や蔵奉行の罪状はあきらかとなり、早々にも裁かれるであろうと確信した。

「ところが、公儀は動く気配すらみせぬ。業《ごう》を煮やしたあげく、刺客を雇った。そやつは唐津藩の足軽でな、藩随一の剣客と目されておった。使えると踏んだのさ。いざというときは、こやつを使おう。そのときが来たとおもった」

寒山は的に定めた伊野屋文右衛門の動きを探り、浮世小路の『百川』へ通っているのを突きとめた。襲う場所と日取りを決め、首尾《しゅび》を見届けるために物陰に潜んでいたのだという。

「ところが、その夜だけはいつもより、伊野屋は一刻も早く茶屋を出た。刺客はまだ来ておらぬ。わしは焦った。逃したと臍《ほぞ》をかんだとき、武悪の面をかぶった侍があらわれた。そして、伊野屋を一刀のもとに始末してみせたのだ。からだじゅうに震えが走ったぞ。天罰が下ったのだと、本来であれば、快哉《かいさい》を叫んでおったところさ」

「本来であれば」

「さよう。武悪面の刺客に感謝していたにちがいない。されど、そやつは千字文の書を破りおった」

「空海の千字文か」

「やはり、おぼえておったか」

借金の質草として、伊野屋に預けていたのだという。

「あの千字文はな、本能寺の変で織田信長《おだのぶなが》公が焼け死んだ晩、茶会に招かれておった島井宗室が担いで逃げたという曰く付きの書だ。偶《たま》さか、京の五二《ぐに》屋でみつけたのだ。故買品ゆえ、値段はいくらでもよいと言われた。小躍りしたぞ。主人は頭から、贋作《がんさく》と信じておったのだ」

寒山に言わせれば、書は本物にまちがいなかった。

「わしは幸運を手に入れたとおもった。いつかは世に出て、成功してみせる。いや、きっと成功するにちがいないと信じ、毎夜、千字文を眺めて暮らしておった。あの書は師角寒山の分身、掛け替えのないお宝なのだ」

だが、五百両という大金は容易に返済できるものではない。どうしてもまとまった金が必要になり、かならず取りもどすつもりで札差に預けた。

「伊野屋を殺《あや》めようと企てたのは、千字文を取りもどすためであった。それを、おぬしは、何の躊躇《ためら》いもなく破り捨てた」

「もしや、それが理由か」

面の下で呆《あき》れてみせる。

「ふん、可笑《おか》しいか。この恨み、所詮、他人《ひと》にはわからぬ」

そこからさきは執念のたまものだったと、寒山は胸を張る。

「おぬしは事を済ませたあと、面を外してくれた。わしはおぬしの横顔を瞼の裏に焼きつけ、かならず、正体を暴いてやろうと心に決めたのだ」

いったんは江戸を離れたが、怒りを鎮《しず》めることはできなかった。それゆえ、二年半ののちに江戸へ舞いもどった。八方手を尽くし、ふたたび、目安箱読みの役目に就いたのである。

「ある日、偶さか御膳所近くの廊下で、おぬしを見掛けた。ふふ、心ノ臓《しんぞう》がひっくり返るかとおもうたぞ。幸運を神仏に感謝し、わしはおぬしを葬る策を練りはじめた」

「長々と、よう喋ってくれたな」

「死出《しで》の餞《はなむけ》だ」

蔵人介は一歩迫り、くぐもった声を発した。

「されば、もうひとつ。隣に仮の家族を集めた理由は」

「ふふ、遊びのようなものさ。いざとなれば、どうとでも使える。人生を棒に振ろうとした連中だ、小僧もふくめてな。そうした連中は、報酬次第で何でもやる。火付けでも何でも。いざとなれば、矢背家を丸ごと葬り去る算段だったのさ」

「おぬし、頭がおかしくなったのか」

「そうかもしれぬ。権勢に近づくとは、そういうことであろう。力を持つと、人は世間の常識から外れていく。少々の悪事なら、周囲も見逃してくれるしな」

「見逃さぬ鬼もいる」

蔵人介は面を外し、足許に抛《ほう》った。

「ほっ、端整な顔をしておるではないか」

あくまでも、寒山は余裕の表情を保っている。

警戒しながら近づくと、挑燈を持った小者が立ちふさがった。

「へへ、おめえさんを殺《や》れば、百両になる。逃す手はねえ」

おそらくはこの場かぎり、寒山に雇われただけの殺し屋であろう。

「退《ど》け、死にたくなければな」

「そいつは、こっちの台詞だよ」

小者は挑燈を捨て、上目遣いに睨みつける。

懐中には、黒光りする短筒《たんづつ》を抱えていた。

「うっ」

五間の至近から、筒先が火を噴いた。

――ずん。

左肩に焼けるような痛みをおぼえる。

迂闊《うかつ》であった。

咄嗟《とっさ》に反転し、右手で抜いた脇差《わきざし》を投擲《とうてき》する。

糸を引いた白刃は喉に刺さり、小者は声もなく斃れた。

がくっと、蔵人介は片膝をつく。

傷は負っても、儒者のひとりくらいは片付けられよう。

「ぬうっ」

立ちあがりかけたところへ、ひたひたと跫音《あしおと》が聞こえてきた。

露地の暗闇に目を向ける。

夜目ですがたはみえずとも、誰であるかはわかった。

わからぬのは、敵か味方かということだけだ。

血を流したせいか、意識が遠退きはじめる。

近づいてくる者が敵ならば、蔵人介の命はない。

「遅かったな」

寒山の声は弾んでいる。

荒い息遣いに混じって、茴香《ういきょう》の微かな匂いが鼻先まで迫った。

みずからの意志とはうらはらに、寒山の囲い者になった蓮の残り香であろうか。

仮の妻であっても情を移した者ならば、仮の夫がなそうとしているおこないを悲しむにちがいない。

「……お、おぬしに、できるのか」

蔵人介は俯《うつむ》いたまま、掠《かす》れた声で質してみる。

応じることばはなく、刀を抜く気配だけが伝わった。

終わりの瞬間まで、隣人の良心を信じるしかない。

蔵人介は覚悟を決めた。

十六

五日後、午後。

不審火の下手人が判明した。

小納戸役の西谷弥五郎が、蔵人介を逆恨みにおもってやったのだ。

老婆に化けたのも西谷本人であったが、ほんとうは矢背家の誰かに罪を着せたかったらしい。御膳運びから外されたことへの当てつけに、首の無い猫の死骸を捨てたり、黴団子を門前に置いたりもしたという。

西谷は役目を外されて小普請入りとなり、母親ともども御納戸町を去った。

哀れと言えば、哀れなはなしだ。

溜息しか出てこない。

短筒で撃たれた傷は幸い、重傷ではなかった。

だが、まだ癒えてはおらず、蔵人介は気晴らしも兼ねて、みなと亀戸天神へやってきた。

耳を澄ませば、近くの梅屋敷から、鶯《うぐいす》の鳴き声が聞こえてくる。

「初音《はつね》かもしれぬのう」

志乃が晴れやかに言った。

鶯の初音は立春から十五日目あたり、元禄《げんろく》の頃、公弁法親王《こうべんほっしんのう》が洛中から鶯を取りよせて根岸《ねぎし》の里《さと》に放ったのがはじまりとも伝えられている。

「東国の鶯には訛《なま》りがあるそうじゃ。根岸の里の鶯だけは、風雅《ふうが》な鳴き方をするとかせぬとか」

梅屋敷の臥龍梅《がりようばい》も盛りを迎えたことだろう。

ちょうどこの時期、亀戸天神では鷽替《うそか》え神事がおこなわれる。

「心つくしの神さんが、うそをまことに替えさんす、ほんにうそがへおおうれし」

志乃と幸恵が口ずさむのは、二十三年前に上方《かみがた》で広まった流行唄《はやりうた》だ。鷽替え神事は文政《ぶんせい》三年、大坂天満《てんま》天神が太宰府《だざいふ》天満宮に伝わる古い慣行を引き継いで復活させた。調子のよい流行唄は江戸にも伝わり、翌年から亀戸天神でも鷽替え神事がおこなわれるようになった。

参詣客はまず社頭《しやとう》に向かい、丹や緑青で色付けされた木製の小鳥を買いもとめる。知らない者同士が輪になって唄いながら、鷽にみたてた小鳥を手から手へ渡していくのだ。

「来し方の不運はすべて嘘、鷽に託して凶を吉に替えるのじゃ」

蔵人介は志乃の楽しげな声を聞きながら、居なくなった隣人一家のことをおもった。

平九郎はあの夜、師角寒山の眉間を串刺しにした。

四天流必殺の刺し面、断末魔《だんまつま》の声すら漏れぬ一刀であった。

自分でもわけのわからぬまま、気づいてみれば刺していたのだという。

傷を負った蔵人介は平九郎に背負われ、家まで送りとどけてもらった。

朦朧《もうろう》とした意識のなか、助けられた理由をずっと考えていた。

平九郎に「隣人の温かみを知ったから」と告げられたような気もしたが、今となっては定かでない。

翌朝、目を覚ましてみると、平九郎たちは煙のように消えていた。

おそらく、中村という姓は捨てたのだろう。

それだけは想像できたが、四人がいっしょにいるのか、ばらばらになったのかはわからない。

昼頃になり、志乃と顔馴染みの五二屋が、中根坂の坂下から訪ねてきた。

たいせつそうに携えてきたのは、串部が見世でみつけた夢窓疎石の軸だった。

五二屋の親爺は「持ち主に頼まれましてね」と微笑みつつ、平九郎の言伝《ことづて》を残していった。

親切にしてもらった御礼代わりに、貰ってほしいというのである。

平九郎の亡くなった父は、肥前でも引く手あまたの庭師だった。夢窓疎石の筆跡《て》になると伝えられた書は、作庭した由緒ある寺の高僧から貰い受けたものだ。父から受け継いだ書を表装しなおし、平九郎が家宝としていたのである。

矢背家の面々は仏間に集まり、好奇に瞳を輝かせた。

おもわぬかたちで望みが叶《かな》った串部などは、感極《きわ》まってしまっていた。

志乃はさっそく軸を開き、夢窓疎石の書をじっとみつめた。

「石か。ふむ、なかなかに良い字じゃ」

満足げに言い、茶室の床の間に飾ったのである。

五二屋の親爺もふくめて、誰もが本物と信じて疑わなかった。

平九郎も本物と信じたがゆえに、五二屋を介して進呈したのであろう。

志乃は蔵人介にだけ、そっとつぶやいた。

「贋作じゃ。されど、言うまい」

たとい、贋作であっても、本物と信じる者には本物にみえる。

仮の一家になった中村家のことを、脳裏に浮かべたようだった。

「今少しで本物の家族になったであろうに、惜しいことをしたな。されど、まだ望みはある」

志乃はそう漏らし、串部や卯三郎や吾助に命じて、行方知れずになった隣人たちの消息を捜させた。

そして、今日という日を迎えたのである。

「大奥さま、大奥さま」

呼びかける声に振りむけば、吾助が鳥居のそばで手を振っている。

後ろには、老いた町のすがたもみえた。

遠慮がちに近づき、深々とお辞儀をする。

「わたくしのような者をお呼びいただき、かたじけのう存じます」

「町どの、いったい何処へ行かれたのじゃ。住まいは、ちゃんとおありなのか」

「ございます。じつは、あの者たちと離れがたく、湯島天神の裏長屋でともに身を寄せあっております」

振りむいたさきから、卯三郎もやってきた。

平吉と手を繋いでいる。

背につづくのは、蓮であろう。

どうやら、三人はともに暮らしはじめたらしい。

「あとは、ご当主じゃな。何処へ行かれたか、ご存じか」

志乃の問いに、町は残念そうに首を振る。

「さようか。ま、簡単なはなしではないの」

夕暮れとなり、境内には大きな人の輪が築かれていった。

志乃たちも輪にはいり、知らぬ者同士で手を繋ぐ。

肩の傷は痛むものの、蔵人介も輪のなかにはいった。

「替えましょ、替えましょ」

見知らぬ人の手から手へ、木で作った鷽が渡されていく。

あとから来た者も遠慮せず、輪のなかへはいって繋がった。

ふと、気づいてみれば、真正面で串部が声を張りあげている。

「替えましょ、替えましょ」

串部のかたわらには、平九郎のすがたもあった。

平吉が目敏くみつけ、輪を横切るように飛んでいく。

「ほほ、繋がりおった」

志乃が微笑む。

手を繋いで笑いあうふたりは、ほんとうの父子《おやこ》にしかみえない。

町も蓮もうなずきながら、頬に涙を伝わらせている。

志乃はそばの連中に拍子を取らせ、鷽のように疳高《かんだか》く唄いはじめた。

「心つくしの神さんが、うそをまことに替えさんす、ほんにうそがへおおうれし」

両隣も唄いだし、すぐさま、輪になった全員の合唱になる。

蔵人介も肩の痛みを忘れ、腹の底から声を張りあげた。

誰であっても、なかったことにしたい過去はあろう。

ともに声を合わせれば、来し方の不運は消えていく。

まこと、鷽替え神事とは、ありがたい慣行にちがいない。

「心つくしの神さんが、うそをまことに替えさんす、ほんにうそがへおおうれし」

人と人とが繋ぐ輪は小さくなるどころか、どんどん大きくなっていく。

今日を機に、仮の一家が本物になることを祈念しつつ、蔵人介はいつまでも唄いつづけた。

情《じよう》として忍び難し

一

如月《きさらぎ》十五日、雪涅槃《ゆきねはん》。

内桜田御門外には、牡丹《ぼたん》雪が降っている。

午刻《うまのこく》までには溶けてなくなる淡雪《あわゆき》だが、登城の大名《だいみよう》駕籠を綿蒲団で覆うかのごとく降りつづいていた。

けっこうな数の供侍《ともざむらい》に守られてやってきたのは、播磨《はりま》国明石《あかし》藩十万石格の殿さまを乗せた打揚腰網代《うちあげこしあじろ》と呼ばれる大名駕籠。十九歳の松平左近衛少将斉宜《まつだいらさこんえのしようしようなりこと》は、家臣たちからも「物狂いの莫迦殿《ばかとの》」と陰口を叩かれるほど暗愚《あんぐ》な人物である。

三年前に家督《かとく》を継いだ年、国許から江戸へ伺候《しこう》する際に尾張《おわり》領内を通過した。そのとき、誤って行列を横切った三つの幼子を斬り捨てたのだという。

たしかに「切捨御免《きりすてごめん》」という文言は「公事方御定書《くじかたおさだめがき》」にもある。ただし、判定は厳しく、武士は耐え難き無礼を受けたときにかぎり、人を斬ってもよいとされていた。ことによったら刀を抜いただけで斬る意志があったとみなされ、たいした理由もないときは厳罰に処されることもある。

したがって、行列を横切った幼子を斬るような行為は、いかに一国を統《す》べる大名であっても許されるはずがない。自領での惨劇に憤った尾張藩は、爾後《じご》、明石藩藩主一行の領内通行を禁じる旨《むね》を公言した。

斉宜とは、そうした逸話のある殿様なのだ。

蔵人介は登城中に偶《たま》さか行きあってしまったので、御門の片隅に避けてやり過ごそうとした。

すると、百姓風体《ふうてい》の連中が物陰から飛びだしてきた。

雪道に足跡をつけ、ばらばらと駆けてくる。

「駕籠訴《かごそ》か」

かたわらに侍《はべ》る串部が、ちっと舌打ちをした。

「お頼み申しあげます。お頼み申しあげます」

百姓たちは必死に駆け、駕籠尻を追いかける。

日の本全域に蔓延《まんえん》した飢饉《ききん》以降、駕籠訴はめずらしいことでもなくなったが、訴える相手が物狂いの殿さまだけに、足を止めて注視せざるを得ない。

百姓たちは駕籠に追いすがっては、供侍から叱責《しっせき》された。

老中駕籠のように駆けてはいないし、肘《ひじ》や足で弾き飛ばすわけでもない。

それでも、大小を腰に差した供侍に威圧されれば、足が竦《すく》んでしまうはずだ。

「お殿さまのせいで、国許の百姓たちは苦しんでおります。お願いいたします。何卒、年貢《ねんぐ》の据え置きを」

百姓の訴えが大路に響きわたるや、駕籠がふいに止まった。

「ほうら、来なすった」

串部は不謹慎にも、わくわくしながら身を乗りだす。

おそらく、斉宣は「お殿さまのせいで」という部分に、かちんときたのだろう。

雪道に平伏した百姓は四人、そのうちのひとりは風体から推すと、庄屋《しょうや》のようだ。

駕籠脇の戸が開かれ、白足袋《たび》の爪先がつんと差しだされた。

韓紅《からくれない》に染めた大紋の裾につづき、髷を鶏冠《とさか》のように立てた金柑頭《きんかんあたま》が出てくる。

駕籠から抜けだしてきたのは、ほっそりした色白の若殿であった。

小姓《こしょう》の用意した雪駄《せった》を履き、目玉を飛びださんばかりに剝《む》いてみせる。

「ぬひぇ……っ」

突如、疳高《かんだか》く叫んだ。

まるで、怪鳥《けちょう》のようだ。

訴状を差しだす庄屋の面前へ進み、雪駄の裏でどんと顔を蹴りつける。

庄屋はひっくり返り、ほかの百姓たちは頭を抱えた。

「槍《やり》を持て、槍じゃ」

殿さまに命じられても、槍持ちは戸惑っている。

「早うせい、早う」

催促されて、ようやく槍を持ってきた。

斉宣は長い槍を手にし、頭上で振りまわす。

「ひゃっ」

百姓たちは団子虫のように蹲《うずくま》った。

「首を刎《は》ねられに来たのじゃろうが、え、駕籠訴さまよ」

ふらつく腰つきで槍を構え、穂先を百姓の鼻先に持ちあげる。

「あっ」

さすがの串部も声を失った。

惨劇を頭に浮かべたのだ。

「殿、お待ちを」

丈で六尺余りはある家臣が、後ろからぬっと顔を出した。

「何じゃ、帯刀《たてわき》」

吼《ほ》えられても動じず、帯刀と呼ばれた家臣は後ろを指差す。

大路の向こうから、駆け駕籠が近づいてきた。

「あれはおそらく、水野越前守さまの御駕籠にござります」

「それがどうした」

と、強がりを吐きつつも、斉宜は帯刀に槍を抛《ほう》りなげる。

駆け駕籠はどんどん近づき、斉宜のそばで動きを止めた。

さすがに老中だけあって、正式には「黒塗惣《くろぬりそう》網代棒黒塗」と称する一段格上の駕籠に乗っている。

無双窓《むそうまど》の格子が開き、水野忠邦のものらしき目が覗いた。

「これは明石の左近衛少将さま、どうかなされたか」

蹲る百姓たちに気づかぬふりをし、惚《とぼ》けた問いを発してみせる。

斉宣は愛想笑いもつくらず、軽くお辞儀をしただけで駕籠に戻った。

無双窓の格子は閉まり、老中駕籠は何事もなかったかのように動きだす。

百姓たちは、ほっと安堵の溜息を吐いた。

「水野さまに駕籠訴したほうがよかったのではないか」

串部の言うとおりかもしれぬが、どちらにしろ、年貢減免の訴えが通るはずはなかろう。

帯刀と呼ばれた家臣が、供侍の一団に号令を発する。

「それ、参るぞ」

明石藩の藩主を乗せた駕籠は御門前で供侍の数を減らし、滞りなく御門を通りぬけていった。

「御老中もわかっておいでのようですな」

眉を顰《ひそ》めたくなる数々の逸話にもかかわらず、斉宣が罰せられずに済んでいるのは、前の将軍家斉の二十六男にあたる末息子だからにほかならない。

生母のお以登《いと》の方《かた》に溺愛《できあい》され、幼少のころは千代田《ちよだ》城二ノ丸の奥向きで我が儘《まま》放題に育った。今から三年前、明石藩の家督《かとく》相続は前藩主の嫡子《ちゃくし》で決まっていたにもかかわらず、幕府のごり押しで養嗣子《ようしし》となった。嫡子の生母は強引な幕府の横槍に我慢ならず、喉を掻ききって自刃したとも伝えられている。

前将軍の子が藩主になったことで、明石藩の石高《こくだか》は六万石から八万石に高直《たかなお》しされたが、斉宜は二万石の加増だけでは満足できず、十万石にこだわった。理由は御三家へ伺候《しこう》する際、十万石以上の大名でなければ表門から入れてもらえぬというものので、あと二万石増やせと迫られた幕閣《ばっかく》の面々は不遜《ふそん》な申し出に呆れながらも、十万石の格式だけを与えることで決着をはかった。

十万石の格式を維持するためには、当然のように余計な費用が掛かる。ただでさえ浪費癖の酷《ひど》い前将軍の末息子が見栄《みえ》を張ったせいで、藩士たちは前例にないほどの節約を強《し》いられ、国許の領民たちは重税に苦しまねばならなかった。

とぼとぼ遠ざかっていく百姓たちの背中をみつめ、蔵人介はやるせない気持ちにさせられた。ほとんど癒《い》えた肩の鉄砲傷さえ疼《うず》いてくる。

「まんがいち、あの殿を討てとの密命が下されたら、どういたします」

串部は悪戯好きの悪童のような顔をする。

「不謹慎なことを抜かすな」

蔵人介は叱りつつも、嫌な予感を抱いていた。

将軍家の血を引く御家門の大名を亡き者にする。

まさか、あり得ぬはなしだ。

そのような大それた企みが表沙汰になれば、幕府の威信は地に堕ちようし、殿さまを討たれた明石藩の藩士たちも黙ってはおるまい。沽券《こけん》に懸けても藩主の敵《かたき》を討とうとする血の気の多い輩も出てこよう。

「あの殿さま、家来どもに寝首を掻かれるというのも、あり得ぬはなしではないようにおもいますがね」

減らず口をたたく串部を御門前に残し、蔵人介は雪道を踏みしめた。

紺足袋が濡れるのもかまわず、一斤染《いっこんぞめ》の袴《はかま》の裾を手繰《たぐ》って下乗橋へと進む。

――ざざっ。

御殿の甍《いらか》を見上げれば、浅く積もった雪が一斉に落ちてきた。

下乗橋の手前で駕籠を降りた斉宜は頭に付けた折烏帽子《おりえぼし》をかたむけ、危なっかしい足取りで橋を渡っていく。

下乗橋から表玄関にいたるまで、供侍は六人から半分に減り、草履取りと挟箱《はさみばこ》持ちは一人ずつになる。十万石に満たぬ大名とのちがいは、供侍がひとり多いか少ないかのちがいのみ。それが斉宜にとってみれば天と地ほどの差なのかもしれない。

たとい大名であっても、城内ではひとりにされる。従四位上《じゅしいのじょう》の官位を有する斉宜の伺候席は大広間だが、同じ御家門や外様《とざま》の大大名が集まるなか、席次などで肩身の狭いおもいをするかしないかは、なるほど、十万石格かどうかもひとつの指標にはなる。

二百俵取りの鬼役からすれば、くだらぬ見栄の張り合いにしかおもえなかった。だが、多くの大名たちにとってもっぱらの関心事は、地位や格式にほかならない。国許の百姓たちが飢餓に苦しんでいても、斉宜にはどうでもよいことなのだろう。領国を治める施策など持ちあわせてもおらぬし、取りまきの家臣たちも意のままになる殿さまのほうが好都合なのかもしれない。

あれこれ考えても、気持ちが滅入《めい》るだけだ。

蔵人介は首を振り、下乗橋を渡りはじめた。

二

昼餉の御膳には、子持ち鮭《さけ》の酒浸しや平良木貝《たいらぎ》などが供された。旬の桜鯛は刺身や吸い物のしんじょ、尾頭付きの焼き物でも供され、蔵人介はすべて滞りなく毒味を済ませた。

半刻《はんとき》（一時間）ほどのち、御膳所がざわめいているので物陰から覗いてみると、表向きの大名たちに弁当を運んできた連中が何やら興奮気味にまくしたてている。

「驚いたぞ。高須《たかす》家のお殿さまは、今しも脇差の柄《つか》を握りかけておられたゆえな」

「さよう、大事になってもおかしゅうはなかった」

伺候席の大広間が、もう少しで血で穢《けが》されるところであったという。

「お相手は明石さまじゃ」

「わかっておるわ。大広間で揉め事を起こす御仁《ごじん》と言えば、明石家のお殿さましかおられまい」

高須家のお殿さまとは、美濃《みの》国高須藩三万石を治める松平左少将《さしょうしょう》義建《よしたつ》のことだ。そもそもは水戸家の部屋住みであったが、尾張家の分枝《ぶんし》である高須松平家の末期《まつご》養子になった人物の跡継ぎである。

「高須家のお殿さまはたしか、四十五であられよう。明石家のお殿さまにすれば、父君と言ってもよい御年じゃ。最初から喧嘩にはなるまい」

「いいや、明石さまは齢など気になさらぬ。格式からいって同等か目下とみなせば、即座に牙を剝きなさる」

「たしかに、そういうお方と伺ってはおったが」

「登城の際も、駕籠訴の百姓を足蹴《あしげ》にされたそうじゃぞ。槍も手にしたそうじゃが、ちょうどそこへ、ご老中の水野越前守さまが通りかかられた。さすがに、おとなしくなられたそうじゃ」

「もしや、その鬱憤《うっぷん》晴らしか」

「口さがないお城坊主どもは、そう申しておったがな」

義建には尾張家に列する支藩の大名という矜持《きょうじ》がある。大名行列を横切った幼子成敗のことで宗家に迷惑を掛けた斉宜にたいし、積もる感情を抱いていたのだろう。

斉宜が断りもなく鼻先を横切った非礼に腹を立て、おもわず「これ、若造」と叱責した。すかさず斉宜は「黙れ、城無しめ」と、本人にしか聞き取れぬほどの低声《こごえ》で漏らしたという。

「お城坊主は耳敏《ざと》い。廊下の隅で聞き耳を立て、おふたりのやりとりをはっきり聞いたそうじゃ」

表向《おもてむき》と口奥と呼ばれる中奥《なかおく》の境目は土圭《とけい》之間、壁には「これより内へ御用なき輩いっさい出入りすべからざるものなり」という貼り紙がある。逆《さか》しまに、中奥役人の表向への出入りも禁じられていたが、今日のような月次《つきなみ》御礼登城などの際、諸《しょ》侯《こう》へ昼食の弁当を届けることは例外として容認されていた。

御膳所の連中がつくった弁当は、諸侯の世話を焼くお城坊主が受け継いで運ぶ。公方と同等の食材でつくられた弁当は人気が高い。代金は只《ただ》ではなく、御膳所の連中とお城坊主の小遣いになる。お城坊主は弁当代とともに、伺候席であった出来事などを面白おかしく吹聴《ふいちょう》する。口を閉じてはいられぬのが、坊主どもの性分であった。

義建は顔を朱に染め、唇をわなわなと震わせたという。

一方、斉宜は平然として顔色も変えず、父ほども年の離れた義建を恫喝《どうかつ》するように睨みつけた。

斉宜は従四位上、義建は従四位下と斉宜のほうが官位は上で、そのうえ石高では三万石しかない高須藩は見劣りする。それでも、御三家筆頭の分枝なので席次は義建のほうがやや上とみなされていた。どうやら、斉宜は以前から、その席次を「気にくわぬ」と公言して憚《はばか》らなかったらしい。

もちろん、義建は斉宜の高慢な態度を目の当《ま》たりにし、肚に据えかねていた。前将軍の実子ゆえ、遠慮があっただけのはなしだ。

双方ともに、日頃の鬱憤が爆発したとも言えよう。

「売り言葉に買い言葉じゃな」

ふたりの周囲には、島津《しまづ》家を筆頭に錚々《そうそう》たる外様《とざま》大名たちが座っていたが、みな、知らぬふりをきめこんだという。

「許せぬ」

義建は立ちあがり、脇差に手を掛けようとした。

斉宜のそばに座っていた川越《かわごえ》藩藩主、齢五十に近い松平左近衛少将斉典《なりつね》が割ってはいったが、それでも収まらない。

そのとき、偶さか、美作《みまさか》国津山《つやま》藩を治める松平左近衛権中将《さこんえのごんのちゆうじよう》斉民《なりたみ》が通りかかった。官位は正四位上《しようしいのじよう》なので、伺候席は御三家に準ずる松之廊下《まつのろうか》裏の下之部屋だ。大広間と中庭に挟まれた廊下を通り、松之廊下へと向かう最中であった。

齢は三十だが、斉民は十以上も老けてみえ、いつも眠そうな顔をしている。されど、国許で名君と評されているだけあって、いざとなれば肚の据わった態度をみせることができた。

「たわけ、控えよ。殿中《でんちゆう》なるぞ」

胸を張り、凛然《りんぜん》と発したのだ。

家康の次男、結城秀康《ゆうきひでやす》の血を引く越前《えちぜん》松平家は五家からなり、家祖の血筋順に並べると、秀康の長男忠直《ただなお》の血を引く津山家十万石、次男忠昌《ただまさ》の系譜である福井《ふくい》家三十二万石、三男直政《なおまさ》から繋がる松江《まつえ》家十八万石、五男直基《なおもと》から繋がる川越家（元は前橋《まえばし》家）十七万石、六男直良《なおよし》から繋がる明石家十万石格（実質八万石）となる。

石高順に並べ替えると、津山家は四番目に落ちるものの、長男の系譜ゆえに五家のなかでは宗家《そうけ》とみなされており、いずれにしろ、五家の末端にある明石家の斉宜は頭があがらない。

斉民も前将軍家斉の実子、十六男であり、他藩へ養子に出されたところなど生いたちも似通っているので、斉宜は斉民を「可愛がってもらえる兄」とみなし、慕っているようなところもあった。

――たわけ。

と、叱責された瞬間こそ、殺気走った眸子《まなこ》を剥いてみせたが、もちろん、斉民が義建の顔を立てて叱りつけたのはわかったので、斉宜は怒りを抑えて義建に謝り、大事にはいたらずに済んだ。

「ここはひとつ、よしなに願い申しあげまする」

斉民は眉を顰める外様大名たちに向かって「不肖《ふしょう》の弟」のために頭を垂れた。

それもあって、すべてなかったことにされ、弁当配りもいつもどおりにおこなわれたらしかった。

だが、噂というものは尾鰭《おひれ》を付けて勝手に泳ぎだす。

伺候席での揉め事は、少なくとも水野忠邦の耳には入ろうし、幕閣のお歴々が顔を曇らせることにもなろう。

下手をすれば大奥の女官などを介して、公方家慶の耳に入るかもしれぬ。

斉宜の芳しからざる素行の噂は、従前から聞いていよう。

孫ほども年の離れた異母弟を赦《ゆる》すかどうか、あるいは、けじめとして厳しく罰するかどうか。

まんがいち、諸大名より将軍の器量を問われるようなことにでもなれば、それこそ、将軍家の威信が問われる一大事にもなりかねない。大事にならぬうちに不安の芽は摘んでおこうと、石橋を叩いて渡る性分の水野忠邦ならば先廻りして考えるやもしれぬ。

そんなことを懸念《けねん》していると、背後に人の気配が忍びこんできた。

「誰だ」

「そのまま」

「伝右衛門《でんえもん》か」

公人朝夕人《くにんちょうじゃくにん》、土田《つちだ》伝右衛門である。

つねのように尿筒《しとづつ》を携え、公方の側《そば》近くに控えていなければならぬ。

おたがい隠密《おんみつ》御用に勤《いそ》しむ身、明るいうちから会話を交わすのは稀《まれ》なことだ。

「上様のお側におらずともよいのか」

「今は大奥でお休みを」

「ほう、おめずらしいな」

「表向の煩《わずら》わしさから逃れ、たまには骨休みも必要かと」

寿命の毒、酒だと知りつつも、蔵人介は溜息を漏らす。

「大広間での揉め事、小耳に挟んだようだな」

「城内で知らぬ者はおりますまい。いずれ、上様のお耳にも」

「そうなれば、どうなる」

「はて」

密命が下されるやもしれぬと、伝右衛門は言いたいのだろう。

「まさか、それはあるまい」

家慶は風変わりな将軍だが、実弟を亡き者にしようとまでは考えまい。

伝右衛門は押し黙る。

わずかな沈黙が、蔵人介を苛立《いらだ》たせた。

「何か言いたいのか」

「すでに、明楽《あけら》さまの手の者が動いております」

「何だと」

明楽飛驒守茂村《ひだのかみしげむら》、御広敷《おひろしき》御庭番から勝手掛《かってがかり》勘定奉行へ立身出世を遂げた人物だ。齢八十を超えてもなお重用される理由は、御庭番を手足のごとく操ることのできる間諜《かんちょう》能力を期待してのことにほかならない。

「御庭番が動いておるのか」

すでに、配下の者が明石領内に潜入しており、百姓たちに一揆《いっき》の兆候などはあるまいかと、調べをかさねている最中という。

「おそらく、そちらはご老中の密命かと」

「水野さまか」

ありうると、蔵人介はおもった。

御庭番の調べで由々しき藩の実態が判明すれば、藩そのものを潰すことも検討の俎上《そじょう》にのせられよう。そうなれば、藩の命運にも関わる一大事になってこようし、癇《かん》の強い忠邦ならば、藩主の首を挿《す》げ替える荒療治に打って出ることも否定はできない。

だが、たとい上のほうで動きがあるとしても、鬼役には関わりのないはなしだ。

「あくまでも、お役目は奸臣成敗だからな」

「御大名衆とて例外にはなりませぬ。徳川宗家からみれば、すべての御大名衆は臣下にござりましょう」

言われてみれば、そのとおりかもしれぬ。

やはり早晩、密命は下されるのか。

それを確かめたかったが、すでに、伝右衛門の気配は消えていた。

三

彼岸《ひがん》の中日、町家では牡丹餅《ぼたもち》をつくり、五目鮨や精進揚《しょうじんあげ》などといっしょに隣近所へ配る。武家にも同様の習慣はあったが、おたがいにやりとりをするのも面倒なので、自分たちでみな食べた。

数日前に降った淡雪は痕跡もない。

この日だけ開放される増上寺《ぞうじょうじ》山門の楼上から見下ろせば、蒼海《そうかい》と砂浜を分かつ大縄手《おおなわて》を一望できるだろう。水の温《ぬる》んだ溜池《ためいけ》や不忍池《しのばずのいけ》の睡蓮《すいれん》は水面に芽を伸ばし、土手には芹《せり》が萌《も》えている。溜池や三味線堀《しゃみせんぼり》に釣り糸を垂れれば、子持ちの雌鮒《めすぶな》を容易に釣りあげられた。雌鮒は甘露煮《かんろに》にするのがよかろうし、大物であれば塩で蒸し焼きにしても美味い。

そんなことをつらつら考えながら、蔵人介は京橋《きょうばし》の近くを歩いていた。

ひとりで散策がてら、研ぎに出していた愛刀を取りにきたのだ。

馴染みの研ぎ屋は鍛冶橋《かじ》のそば、南鍛冶町《みなみかじちょう》の一角にある。

出世稲荷の赤い鳥居を眺めつつ、研ぎ屋の敷居をまたぐと、目尻に皺の目立つ佐《さ》十郎《じゅうろう》がにっこり笑ってみせた。

無愛想で無口な男だが、蔵人介には心を許している。

鳴狐《なきぎつね》の愛称で呼ばれる粟田口国吉《あわたぐちくによし》が名刀であることはもちろん、白刃に容易には拭えぬ血曇りが付いているのもわかっていた。

妙だとおもっても口に出さず、ただ黙々と刀を研ぐことに心血を注ぐ。

そうした職人気質《かたぎ》なところが、蔵人介も気に入っていた。

「できておりますよ」

佐十郎は奥へ引っこみ、黒鞘に納まった愛刀をうやうやしく携えてきた。

「ふむ、手間を掛けたな」

蔵人介は借りていた刀を返し、愛刀を鞘から抜いてみる。

刃長は二尺五寸（約七六センチ）、冴えた地金《じがね》に互《ぐ》の目《め》丁字《ちようじ》の刃文《はもん》が浮きあがった。

「あいかわらず、見事な仕上がりだ」

「恐れいります。矢背さまにそう仰っていただければ、研ぎ師冥利《みようり》に尽きるというもの」

「謙遜《けんそん》いたすな。本来ならば、御用研ぎのおぬしに、これほど安い手間賃で研いではもらえぬ」

「なあに、お安いご用でござりますよ。ところで、御用研ぎと申せば、橋向こうの御大名から恐れ多いおはなしを頂戴いたしました」

「ほう」

「内密のおはなしですが、矢背さまにはお聞きいただきとうござります」

「ふむ、聞こう」

佐十郎は膝を寄せ、声を一段と落とす。

「じつは天下の名刀、童子切安綱《どうじぎりやすつな》の研ぎを承りましてござります」

「ほう、それはすごいな」

心の底から感嘆しながらも、蔵人介は不思議な因縁を感じていた。

童子切安綱は天下五剣のひと振りと言われ、清和源氏《せいわげんじ》の嫡流《ちゃくりゅう》である源頼光《みなもとのよりみつ》が丹波国《たんば》大江山《おおえやま》に住む酒呑童子《しゅてんどうじ》の首を斬った伝承から「童子切」の名が付けられた。曰く付きの宝刀は足利《あしかが》将軍家の所蔵を経てのち、豊臣秀吉《とよとみひでよし》、徳川家康《とくがわいえやす》、子の秀忠《ひでただ》へと渡り、秀忠から結城秀康の嫡男である忠直へ下賜《かし》されたという。それからは、津山藩松平家に移り、代々、家宝として受け継がれてきた。

したがって、今の所有者は、千代田城内で明石藩の斉宜を「たわけ」と叱責した斉民にほかならない。

何代目かの殿が幼少のみぎり、枕元に置いて寝たら夜泣きがおさまったとか、本《ほん》阿弥《あみ》家で錆《さび》を落としていたら狐が何匹も集まってきただとか、様斬《ためしぎ》りでは楽に六つ胴斬りをやってのけたとか、語り継がれる逸話は枚挙《まいきょ》にいとまがない。刀剣を蒐集《しゅうしゅう》する者にとっては垂涎《すいぜん》のひと振りにまちがいないし、剣術を少しでも齧った者ならば誰でもその名は知っていた。

「益々《ますます》、おぬしは偉《えろ》うなるな」

「まだ刀を預かってもおりませぬ。もし、研ぎが無事に済みましたら、矢背さまのお宅へ使いを出させていただきとうございます」

「天下の宝刀をみせてもらえるのか」

「あっしの目は、ふたつしかありません。もちろん、自信は持っておりますが、それでも不安はござります。よくおわかりのお方に、研ぎの塩梅をご覧になっていただきたいのです。そうなると、矢背さましか頭に浮かんできません。図々しいお願いですが、お聞き届けいただけませんでしょうか」

「喜んで」

「ほっ、それを聞いて安堵しました。娘もきっと喜びましょう」

佐十郎には気立ての良い一人娘がいる。数年前に病死した女房の代わりに、父親をもりたててくれるらしいが、それが佐十郎の悩みでもあった。自分のせいで婚期が遅れるとおもっているのだろう。

「娘御の名は」

「おそめにござります」

「ん、そうであったな。おそめどのに、よしなに伝えてくれ」

「かしこまりました」

蔵人介は愛刀を腰に差し、お辞儀をする佐十郎に背を向けた。
外に出ると、暖かい風に頬を撫でられた。
陽気のせいか、駆けだしたくなるような気分だ。
鍛冶橋に近い濠端に咲くのは、犬ふぐりであろうか。
空色の可憐《かれん》な花を眺めていると、後方から男の叫び声が聞こえてくる。
「誰か、盗人を捕まえてくれ」
振りかえれば、浪人風体の男たちが駆けてきた。
三人だ。
商人の財布を奪い、騒がれたので焦って逃げだしたのだろう。
蔵人介は裾を割り、浪人たちの向かってくる正面に走りかけた。
ところが、横合いから、旅装束の侍が飛びだしてくる。
割りこむ恰好だが、侍はこちらに気づいていない。
白髪交じりの髪から推すと、齢はかなり上のほうだ。
が、からだの切れはある。
浪人たちは踏みとどまり、刀を一斉に抜きはなった。
「退け、邪魔だていたすと命はないぞ」

周囲を歩いていた物売りや娘たちが、蜘蛛《くも》の子を散らすように逃げだした。

老侍は棒手振《ぼてふり》のひとりを呼びとめ、六尺（約一・八メートル）の天秤棒を借りうける。

「覚悟せい」

浪人のひとりが、袈裟懸けに斬りこんできた。

老侍は避けもせず、すっと間合いを外すや、天秤棒の先端で相手の鳩尾《みぞおち》を突いた。

「うっ」

浪人は蹲る。

さらに、ふたり目が猛然と突きかかってきた。

「けいっ」

老侍はひらりと横に飛び、相手の後ろ頭に狙いをつける。

――ばしっ。

撓《しな》った天秤棒が当たった瞬間、浪人は白目を剝いて顔から落ちた。

「棒侍か」

なかなかに強い。

が、三人目は大きく脇に張りだし、隙をみて逃げだす。

「あっ、逃げるか」

老侍が振りかえる。

視線のさきを浪人が走り、さらにそのさきには蔵人介が立っていた。

「そやつを頼む」

言われなくとも、わかっている。

蔵人介は肩の力を抜き、じっと相手の動きをみつめた。

「ぬわっ、死ね」

浪人は吼え、駆けながら斬りつけてくる。

蔵人介は斜《はす》に避け、相手と擦れちがった。

躱《かわ》した動きも、抜刀の刹那《せつな》も、通行人たちにはわからない。

浪人は擦れちがい、二、三歩進んだところで前のめりに倒れた。

血は流れていない。泡を吹いて昏倒《こんとう》しただけだ。

蔵人介は納刀しながら、浪人のそばへ近づいた。

懐中に手を入れ、商人の財布を摑んでみせる。

「さすが鬼役、矢背蔵人介さま」

誰かが道の端で手を叩いている。

佐十郎であった。

隣に立っているのは、娘のおそめであろうか。

蔵人介が唇にひと差し指を立てると、佐十郎は申し訳なさそうに頭を掻いた。

そこへ、すたすたと、さきほどの老侍がやってくる。

「見事な居合じゃ。鬼役とは、お毒味役のことでござろうか」

「いかにも」

「どちらの藩にお仕えか」

「幕臣でござる」

「ほう。ということは、上様のお毒味役をされておいでか」

「さようでござる」

「これはありがたい知己《ちき》を得た。それがし、草加部角馬《くさかべかくま》と申す。江戸へ出てきたばかりでな。不案内ゆえ、往生しておったところじゃ。よろしければ、一献《いっこん》おつきあい願えぬか。見世《みせ》の選びはそちら、酒代はこちら持ち。いかがであろう」

「よろしゅうござる」

なかなかに興味を惹《ひ》かれる相手でもあり、ふたつ返事で承諾すると、草加部はにんまりと微笑んでみせた。

四

京橋を渡ったさきの白魚《しらうお》河岸に『魚作《ぎょさく》』という一膳飯屋がある。

親爺は与作《よさく》といい、御膳所の元庖丁方だった。

蔵人介が草加部を連れて見世に入ると、与作は途端に相好《そうごう》をくずす。

「これはこれは、矢背さま。このようなむさ苦しいところへ、ようこそおいでくださりました」

立地がよいせいか、客はけっこう入っている。

「繁盛しておるようだな」

「おかげさまで、常連さんも増えました」

「おぬしの腕前は天下一品だったからな」

「おやおや、お城では一度も褒めていただけなかったのに。じつを申せば、矢背さまに褒めていただくのが、わたしら庖丁方のめざすところにござりました。何だか嬉しすぎて、涙が出てまいります」

ぐすっと洟《はな》まで啜り、与作は奥の小あがりへ導いていく。

衝立《ついたて》を立てれば、ほかの客とは顔を合わせずに済んだ。

与作はさっそく、燗酒と旬の刺身を運んでくる。

「ほう、白魚の酒浸しか」

「江戸前の旬でござるよ」

草加部は白魚をつるっと食べ、ひょいと銚釐《ちろり》を持ちあげた。

「おっと、こっちのほうがさきじゃったな」

おたがいに酒を注ぎあい、盃を酌みかわす。

与作があらわれ、揚げ物の笊《ざる》を置いていった。

「おっ、蕗《ふき》の薹《とう》ではないか。緑が目にしみるのう」

添え物の柚子《ゆず》を掛けまわし、箸で摘んでさくっと食べてみると、ほろ苦さが口いっぱいにひろがる。

「美味いのう。これこそ、早春の味じゃ」

草加部はすっかり見世が気に入った様子だった。

「ほれ、床の花入れに黄梅《おうばい》が挿してある」

「香りがせぬゆえ、料理屋の飾りにちょうどよいのでござろう」

「なるほど、そこまで気を遣っておるとはの」

草加部は盃をかたむけ、眸子を細める。

「親爺の態度をみれば、貴殿の人となりがようわかる。お城ではたいそう、みなから信頼されておられるようじゃ」

「気を遣っただけにござりましょう。城内ではほとんど喋らぬゆえ、みなから恐がられております」

「それでよい。無駄な喋りはせず、お役目を淡々とこなす。お城奉公とは、そうしたものじゃ」

国許で城勤めが長かったのか、よくわかっている。

「もしや、津山藩に関わりがおありでしょうか」

「さよう。すでに隠居したが、津山藩のお殿さまから御禄を頂戴しておった。一人息子が勤番になったゆえ、ちと様子をみてやろうとおもうてな」

「それで、江戸へ」

「暇な隠居旅じゃよ。それにしても、津山藩との関わりがようわかったな」

「尋常ならざる棒の扱いゆえ、ぴんときました。お国許の美作には、よく知られた言い伝えがござろう」

「その言い伝えとは」

「されば」

蔵人介は襟を正し、重々しく言いはなつ。

「作州《さくしゅう》に入りては、棒を振ることなかれ」

ぽんと、草加部は膝を叩いた。

「まさに、それこそが津山侍の矜持《きょうじ》よ。さ、呑んでくだされ」

酒を盃になみなみと注ぎ、上機嫌な顔で大笑してみせる。

ここに連れてきてよかったと、蔵人介はおもった。

「ところで、ご子息はどのようなお役目に就いておられる」

「腰物方《こしものかた》じゃよ。お殿さまのだいじな御刀の面倒をみる役目じゃ」

「なれば、御家宝の童子切安綱の面倒も」

「それよそれ。童子切安綱こそがわが藩の誉《ほま》れ、かの宝刀を扱うことができる家臣は、腰物方でもかぎられておる。うちの角之進《かくのしん》めはこたび、その栄《は》えあるお役目を仰せつかった。これで草加部家も安泰じゃ」

縁《えにし》とは不思議なものだ。角之進という草加部の息子はひょっとすると、研ぎ師の佐十郎と繋がっているのかもしれない。だが、約束を交わした手前、佐十郎のことは黙っておいた。

草加部は赭《あか》ら顔で首を振る。

「されど、案じられるのは、角之進はわしに似て無骨な男ということじゃ。面倒臭がって、嫁を貰おうとせぬ。それゆえ、ちと意見してやろうとおもうてな」

江戸へ出向いてきた最大の目途は、息子の嫁探しらしかった。

「あやつが落ちついてくれれば、安心して隠居暮らしができる。矢背どのにもご子息はおありか」

「おります」

「後を継がせるおつもりであろうか」

「はい」

「立派な心懸けじゃ。毒を喰《くろ》うても動じぬのが鬼役と聞いたことがある。さように難しいお役目を継がせるのは、並大抵の覚悟ではあるまい」

「お役目はみな同じにござります。みずからに課された運命《さだめ》を、当然のように受けいれるまでのこと」

「そうじゃ。人は運命に逆らえぬ。与えられたお役目を粛々《しゅくしゅく》とこなすのが侍というものかもしれぬな」

しんみりとした物言いが少し気になったが、蔵人介は穿鑿《せんさく》するのを止めた。

「それにしても、明石のお殿さまには困ったものじゃ」

酒もけっこうすすんで酔いがまわったころ、草加部はおもいがけぬ愚痴を漏らしはじめた。

城内大広間での出来事をさしているのかとおもえば、そうではないらしい。草加部は藩の棒術師範に任じられていたころ、同じ越前松平家の筋で領地も隣の播磨国にある明石藩から請われ、何度となく通い稽古に訪れた。そのとき、小耳に挟んだとんでもない逸話が忘れられぬというのだ。

「あのお殿さまは臣下の若妻を見初め、搔き口説《くど》いてなかば強引に閨《ねや》へあがらせた。若妻が泣いてばかりいるので、何と、左右の瞼《まぶた》と口を糸で縫いあわせたというのじゃ。さような逸話《いつわ》はいくらでもある。火のない所に煙は立たぬの喩《たと》えどおり、残虐非道なおこないを平然とやってのけられる御仁なのじゃ」

「何故、家臣たちは抗おうとせぬのでしょうか」

「理由がある」

草加部は怒ったように唾を飛ばす。

「物頭《ものがしら》の宇治川《うじがわ》帯刀が目を光らせておるからじゃ」

蔵人介は「帯刀」と聞いて、斉宜から槍を受け取った六尺余りの巨漢を脳裏に浮かべた。

「帯刀は東軍流《とうぐん》の遣い手でな、三尺余りの大太刀を上段八相《はっそう》から迷いなく斬りさげる。必殺技の名は、微塵《みじん》じゃ。あやつは微塵を磨くため、一時期、わしの門弟になった。鉄板の仕込まれた六尺棒を一日に三千回も振りおってな、丸太のごとき二の腕にわしも触れたことがある。かちんこちんでな。丸太ではなく、あれは石じゃった。石のごとき腕で自在に大太刀を操る。おそらく、播磨と美作においては、帯刀と対等に渡りあえる剣客はおるまい。帯刀の頑強な壁を突き崩さぬかぎり、莫迦殿には指一本触れることも叶わぬであろう」

草加部は殺気を漲《みなぎ》らせ、物騒《ぶっそう》なことを口走る。

莫迦殿に近づこうとでもしているのかと、勘ぐらざるを得なかった。

外も暗くなりはじめたころ、与作が締めの小鍋をふたつ運んできてくれた。

「鶏出汁《とりだし》の雑炊にござります」

「ほう、これは美味そうじゃ」

鶏肉のほかに、豆腐や葱《ねぎ》も入れてある。

忘れてはならないのが、鶏卵であった。

「生の鶏卵か。滋養の源じゃな」

湯気に顔を突っこみ、草加部は咳《せ》きこんでしまう。

そして、蓮華《れんげ》で雑炊を不器用に掬《すく》い、口をはふはふさせながら、すっかり平らげてみせた。

「うう、苦しい。調子に乗って食べ過ぎたわい」

「腹ごなしに、棒でも振りますか」

「堪忍じゃ。動くのも辛い」

蔵人介は微笑み、草加部が落ちつくのを待った。

「矢背どの、またいつか、会っていただけようか」

「よろしいですとも。寝所《しんじょ》は御屋敷内でござろうか」

「ふむ。まあ、そのあたりは決めかねておるが、寝所なんぞはどうにでもなる。連絡《つなぎ》はこの見世でどうじゃ」

「かまいませぬよ」

「されば、会いたいときには言伝《ことづて》を残す、というのはいかがであろう」

「そういたしましょう」

都合がつかねば足労《そくろう》せねばよいし、おたがい縛られずに済む。

うなずき合い、与作が仕上げにつけてくれた燗酒を酌みかわす。

人との出会いとはわからぬものだと、蔵人介はつくづくおもう。

最後の盃を空けて見世を出るのが、何やら名残《なごり》惜しくなってきた。

五

石垣から垂れているのは、与作の見世でみた黄梅であろうか。

棒侍の知己《ちき》を得た二日後の夕刻、蔵人介は下城の途に就いていた。

串部ともども桜田濠沿いの土手道をたどり、半蔵御門外をめざしている。

——かお、かお。

惚けた鴉《からす》が鳴きながら、夕焼け空の向こうに消えていった。

「左手につづくのは、明石藩上屋敷の海鼠塀《なまこべい》にござりますな」

「言われてみれば、そうだな」

「あそこに、何やら不穏な人影が。いつぞやの百姓たちにござりますぞ」

駕籠訴に失敗《しくじ》り、行き場を失ったあげく、上屋敷の門前までやってきたのだろう。

「無駄なことを」

公事宿《くじやど》に留《とど》まる路銀《ろぎん》も尽きかけているのにちがいない。路銀は村人たちから預かったなけなしの金だ。期待を一身に背負ってきただけに、やるだけのことはやらねば義理が立たぬ。おおかた、籤《くじ》で負けて選ばれた連中なのだろうが、肩を落として帰るすがたを想像すると胸が痛んだ。

「ん、あれは」

百姓たちのなかに、ひとりだけ物腰の異なる者をみつけた。

頰被りをしているので表情はわからぬが、背筋はぴっと伸び、おどおどした様子もない。

「串部、あの者、妙だとおもわぬか」

「どれ。なるほど、あれは侍ですな」

「やはり、そうおもうか」

「筵《むしろ》に包んだ長い物を背負っておりますな。あれは刀にござりましょう」

斬りこむつもりかもしれない。あらかじめ、藩主の斉宜が外出するのを知っているのだろうか。

――ぎぎっ。

おもったとおり、重厚な軋《きし》みにつづいて、正門が開いた。

藩主を乗せた網代駕籠が、ぬっと担ぎ棒の角を突きだす。

百姓たちが、ばらばらと駆けだした。

「お願いします。お殿さま、訴えをお聞き届けくださりまし」

道の前後をみても、蔵人介主従以外に侍らしき人影はない。

杏色《あんず》の夕陽は落ちて、辺り一帯は夕闇に覆われつつあった。

危ういなと察し、串部に目配せする。

さっと、串部は離れた。

駕籠は門から出て止まった。

お忍びで廓《くるわ》にでも繰りだすところなのか。

供侍は四、五人しかおらず、宇治川帯刀なる巨漢はいない。

「お願いします。訴えを……」

必死に叫ぶ百姓三人が、駕籠脇に跪《ひざまず》いた。

垂れが捲《めく》れあがり、斉宜らしき細身の人物が出てくる。

「ひゃはは、駕籠訴さまか」

斉宜は供侍のひとりから刀を奪い、袖を捲りあげた。

「ひぇっ」

百姓が悲鳴をあげる。

やにわに、首を刎ねられた。

あまりにも、呆気《あっけ》なさすぎる。

串部はそばまで近づいていたが、間に合わなかった。

「望みどおりにしてくりょう」

ふたり目の百姓も首を刎ねられ、三人目は這いつくばったところを馬乗りにされ、背中に血濡れた刃を突きたてられた。

悪夢としか言いようがない。

あまりにも非道な仕打ちに、供侍たちは固まっている。

と、そこへ、四人目の男が駆けよった。

「死ね、莫迦殿」

筵の内から白刃を抜き、斉宜に斬りかかっていく。

「のえっ」

狼狽《うろた》えた斉宜は腰を抜かしかけた。

が、我に返った供侍たちが一斉に盾となる。

逆しまに刀を抜きはなち、四人目の男に襲いかかった。

男は圧力に押され、地べたに尻餅をついてしまう。

そのとき、串部が横合いから助けにはいった。
本来であれば、両刃の同田貫を握っている。
手にしているのは、土手で拾った木の棒だった。
地を這うほどの低さで迫り、びしっと相手の臑《すね》を打つ。
「ぬぎゃっ」
供侍は堪《たま》らず、膝を抱えて蹲った。
ふたり目も地に転がると、三人目からは慎重に構えた。
その隙に、斉宣は走って門の向こうへ逃げていった。
「おぬしも逃げよ」
串部に促され、後ろの男は起きあがって背中をみせた。
追いすがろうとする供侍を、串部が棒で威嚇《いかく》する。
「ほれ、近づいたら臑を打つぞ」
怯《ひる》む供侍たちを尻目に、串部も半蔵御門のほうへ駆けだした。
さきに逃げた男を追いかけ、土手道を遠ざかっていく。
おそらく、何処かで追いつくだろう。
供侍たちは追うのをあきらめ、白刃を鞘に納めた。

路上には百姓たちの屍骸が転がっている。

凄惨な光景のなかを、蔵人介は通過しかけた。

「待たれよ」

正門のそばから、野太い声が掛かる。

振りかえれば、六尺余りの巨漢が立っていた。

宇治川帯刀である。

「そこもと、一部始終をみておったであろう」

横柄に質され、蔵人介は惚けてみせた。

「はて、何もみておらぬがな」

「さようか。ならば、よい」

「みておったら、どうする気だ」

「みなんだことにしてもらう」

帯刀は一歩踏みだし、全身に殺気を漲らせる。

蔵人介も身構えた。

「抜くのか」

「それは、おぬし次第だ」

「力任せの一撃は通用せぬぞ」

「ほう、ずいぶんな自信だな。名乗ってみるか」

「そっちが名乗ればな」

「明石藩物頭、宇治川帯刀じゃ。貴公は」

「幕臣、矢背蔵人介」

「矢背蔵人介か。一度聞いたら忘れぬ名だな。それに、物腰も堂々としておる。何やら尋常な勝負をしてみたくなったぞ」

帯刀は撞木足《しゅもくあし》に構え、刀の柄に手を添える。

気を一点に集中しかけたとき、屋敷のほうから疳高い声が掛かった。

「帯刀、そこで何をしておる。狼藉者《ろうぜきもの》は仕留めたのか」

帯刀は半歩後退《あとじさ》り、ふうっと息を吐いた。

「水を差されたようじゃ。このつづきは、いずれ」

くるっと後ろを向き、大股で去っていく。

入れ替わりに小者たちが飛びだし、百姓たちの屍骸《むくろ》を戸板に乗せて運んでいった。

「南無《なむ》……」

蔵人介は合掌し、門前から足早に遠ざかる。

しばらく進むと、半蔵御門外の物陰で、串部が待っていた。

「殿、遅うござりましたな」

「でかぶつの誘いに乗りかけたのでな」

「鳴狐を抜かれたのですか」

「いいや、莫迦殿に助けられた」

「ほう、莫迦殿と仰いましたな」

蔵人介は顔を顰《しか》め、吐きすてるように言った。

「国許の百姓を斬る藩主など、聞いたこともない。公儀の知るところとなれば、只では済むまい」

されど、証拠はない。屍骸は手際よく始末された。

「ところで、助けてやった者はどうした」

「あそこの辻陰で震えております。事情を聞いてみましょうか」

「ふむ」

辻陰に向かってみると、存外に若い月代侍が怯えた目でみつめる。

「おぬし、明石藩の藩士か」

当てずっぽうに質すと、若侍は目を丸くした。

どうやら、図星らしい。

「温かい雑炊でも食うか」

優しげに誘ってやると、若侍は警戒しながらも従《つ》いてきた。

六

頭に浮かんだのは、白魚河岸の『魚作』である。

足を向けると、与作が満面の笑みで迎えてくれた。

「矢背さま、奇遇にござりますぞ」

「どういうことだ」

「まずはあちらへ」

奥の小上がりへ導かれ、衝立の向こうをひょいと覗くと、親しげな赭ら顔が笑いかけてきた。

「よう、わしじゃ」

棒侍、草加部角馬である。

「さきに飲《や》っておったぞ」

「以心伝心《いしんでんしん》とは、このことでござりますな」

「そのとおりじゃ。まあ、座ってくれ」

「連れがおります」

串部を紹介するまえに、さきほどの若侍をそばへ誘う。

やにわに、草加部が素っ頓狂《すとんきよう》な声をあげた。

「あれっ、網野小一郎《あみのこいちろう》ではないか」

出し抜けに名を呼ばれた若侍は、仰天《ぎようてん》して目を白黒させる。

「……せ、先生。草加部先生であられますか」

「そうじゃ。おぬし、矢背どのと懇意なのか」

「……い、いえ、そういうわけでは」

「まあよい。これも縁じゃ。そこに座れ」

四人座ると窮屈なので、串部だけが小上がりから閉め出された。

串部はひとり淋しく離れた床几《しようぎ》に座り、与作を相手に手酌で呑みだす。

与作はこちらにも気を遣い、燗酒のほかに酢の物や烏賊の塩辛やちぎり蒟蒻《こんにやく》といった手軽な肴《さかな》を出してくれた。

「それにしても、おぬしと江戸で再会するとはのう」

網野なる若侍は、草加部が明石藩で棒術を指南していたときの門弟だった。

「その節は、たいへんお世話になりました。先生には棒術のみならず、侍の心構えというものを教えていただき、今でも生きる指針とさせていただいております」

「大袈裟なことを抜かすな。そんなことより、鍛錬を怠っておるようじゃな。顔つきをみれば、すぐにわかるぞ。腰がふらついておるようでは、いざというときに使いものにならぬ」

「仰せのとおり、失敗《しくじ》りました」

「何を失敗ったのじゃ」

草加部に質され、網野はことばに詰まる。

「おい、泣いておるのか。情けないやつめ」

声を荒らげる草加部にたいして、蔵人介がやんわりと応じた。

「じつは、網野どのとはつい今し方出会ったばかりで、明石藩の藩士ということ以外は名前すら存じあげませんでした」

蔵人介が明石藩邸前でみたままの経緯《いきさつ》をはなすあいだ、網野小一郎はずっと下を向いていた。

草加部は黙ってはなしを聞き終え、ふうっと溜息を吐く。

「案じておったことが、まことになったようじゃな」

「草加部どのには、こうなる予測がついておられたと」

「いかにもそうじゃ。明石藩の藩内は今、まっぷたつに割れておる」

暗愚な斉宜を神輿《みこし》に乗せて大きな顔をしている連中と、本来であれば藩主になるはずだった直憲《なおのり》公を奉じたい連中とに分かれ、上から下まで角突き合わせているという。

前者の頂点に立つのは江戸家老《えどがろう》の祖父江内膳《そぶえないぜん》で、祖父江派の筆頭が宇治川帯刀にほかならない。一方、後者を率いるのは中老《ちゅうろう》の上月万太夫《こうづきまんだゆう》で、後ろ盾には国家老が控えているとの噂もあった。

「各々が国許でも江戸表でもそれぞれ派閥をつくり、寄ると触るといがみ合っておるのじゃ」

ただし、あくまでも藩主の斉宜は徳川宗家の血筋ゆえ、祖父江派の優位は動かない。

どうやら、それが明石藩内の勢力図らしい。

「小一郎はたぶん、上月派の誰かにけしかけられたのじゃろう。直憲公はつぎの藩主に定まっておったゆえ、御母堂の至誠院《しせいいん》さまは幕府の横槍に納得できず、死をもって抗われた。したがって、上月派の面々は易々と藩主の座布団に座った斉宜公に深い恨みを抱いておる」

そうした流れの結末として、血気に逸《はや》る若い連中が大それたことをしかねないと、草加部は懸念していたようだった。

「敵味方に関わりなく、みなが注目しておるのは、ご先代の斉韶公《なりつぐ》がどう考えておられるかじゃ。至誠院さまが自刃を遂げて以降、表にはいっさい出てこられなくなった。国許の外れで隠棲《いんせい》なされたとの噂もあるが、藩の存続を優先させたとは申せ、本音では血を分けたわが子に藩主の座を譲りたかったに相違ない」

斉韶が本気で直憲の後ろ盾となれば、藩内の結束機運が一気に盛りあがり、暗愚な殿さまを排斥《はいせき》できるやもしれぬと、草加部は私見を述べる。もちろん、大きな理由は斉宜の実父である前将軍家斉が数年前に薨去し、幕閣のお歴々にも忖度《そんたく》すべき相手がいなくなったからだという。

草加部は他藩の内情を滔々《とうとう》と語りつづけ、ふいに押し黙った。

「どうなされた」

蔵人介に聞かれても、項垂《うなだ》れたまま首を振る。

「いや、何でもござらぬ。ちと喋りすぎただけじゃ。わしは津山藩の隠居ゆえ、他藩のことに口出しするのは厳に慎まねばならぬ。されどな、小一郎、これだけは言うておかねばならぬ」

草加部は網野に向きなおり、厳しい口調で言った。

「おぬしのごとき若者が、あたら命を粗末にしてはならぬということじゃ。上同士のくだらぬ争いに巻きこまれてはならぬ。上の連中は、おぬしを手駒としか考えておらぬゆえな」

「されど先生、理不尽なことばかりが罷《まか》りとおり、領内の藩士や百姓たちは我慢の限界に達しております。物狂いの殿さまがのうのうと生きておられるかぎり、御家は何ひとつ変わりませぬ」

「気持ちはわからんでもない。おぬしは上から押しつけられたのではなく、みずから理不尽を糾《ただ》そうとして動いた。おそらく、そうなのであろう。されどな、自分の命をもっとたいせつにしろ。おぬしの母御は病がちであったはず。母御を悲しませるな」

故郷に残してきた母をおもいだしたのか、網野はしくしく泣きだした。

臣下にこれほど悲しいおもいをさせる人物に、一国を統べる器量などあろうはずもなかろう。

「お待たせしました」

与作が鶏の小鍋仕立てを運んできた。

「おっ、まいったぞ。これを食え」

草加部が身を乗りだす。

とんと置かれた小鍋をまえに、網野は腹の虫をくうくう鳴らす。

「遠慮いたすな」

草加部に蓮華を持たされ、湯気のなかに顔を突っこむ。

ひと口掬って頰張った途端、網野は雑炊を吐きだした。

「……ぶ、不調法者ですみません。火傷《やけど》するかと」

「慌てるな。ゆっくりでよい」

慎重に雑炊を口に入れると、網野の顔に生気が甦った。

「どうじゃ」

「美味《うも》うございます」

「鶏出汁が効いておるからな。おっと忘れておった。こうしてな、生の鶏卵を落として搔き混ぜてみよ」

「はっ」

言われたとおりにして食べ、網野は小鼻をぷっと張った。声を失っている。美味いのだろう。しばらくは喋りもせず、必死になって食べ尽くす。

「こやつ、鍋まで食う勢いじゃぞ」

「まことに」

蔵人介が微笑むと、串部もやってきて豪快に笑う。

「ふはは、へっぴり腰でも腹は減るとみえる」

「へっぴり腰で悪うござりましたな」

網野は口のまわりに飯粒を付け、泣き笑いのような顔になる。

朴訥《ぼくとつ》で真っ正直な若侍なのだ。

このような者を死なせてはならぬ。

蔵人介にも草加部の気持ちはよくわかった。

腹が立つのは、人を人ともおもわぬ「莫迦殿」だ。

「どうにかせねばなるまい」

蔵人介が胸中に囁いたのと同じ台詞を、草加部は聞き取れぬほど小さな声でつぶやいていた。

七

五日後、如月も終わりに近づくと、鎌倉《かまくら》河岸の『豊島《としま》屋』では白酒《しろざけ》を売りだす。本石町《ほんこくちょう》の十軒店《じっけんだな》には雛市《ひないち》も立ち、市中は華やいだ雰囲気になりかわった。

もうすぐ、桜の便りも届くであろう。

上巳《じょうし》の節句《せっく》には城内でも、公方から大奥の姫君たちに雛人形が贈られる。

「浮きたつような気分になるんは、ほんに陽気のせいやろなあ」

志乃がはんなりとした京訛《なま》りで喋るのは、よほど気分がよいときと決まっていた。

散策にでも繰りだそうかとおもったところへ、研ぎ師佐十郎の使いが訪ねてきた。

幸恵に呼ばれて玄関へ出てみると、妙齢の美しい町娘が立っている。

「おそめどのか」

「はい」

「童子切安綱の研ぎがあがったのだな」

「さようにござります。おとっつぁんは三日三晩寝ずに刀を研ぎつづけ、今朝ほどようやく。真っ赤な目で、矢背のお殿さまをお連れしろと、そう申しました」

「わかった、まいろう」

奥で仕度をして外へ出ると、冠木門のそばで怪しい者が窺っている。

見も知らぬ若い月代侍だが、おそめは相手の正体を知っていた。

「あっ、草加部さまではありませぬか」

「草加部」

おもわず、蔵人介は姓を繰りかえす。

「何故、ここに」

おそめに問われ、若侍は顔を赤くさせた。

「いや、その……じつは、おぬしを尾《つ》けたのだ。男らしゅうない、すまぬことをしたとおもうておる。されどな、だいじなお刀を佐十郎どのに預けた者として、一人娘の怪しい動きを見過ごすことはできなかった」

事情はわかった。若侍は宝刀の研ぎを託した津山藩の腰物方なのだ。進捗《しんちょく》を確かめようと、このところは頻繁に佐十郎のもとを訪ねていた。それゆえ、おそめとも面識ができたのである。

「偶さか、佐十郎どののもとへ伺おうとしたところへ、おぬしが急いで見世から出てきたものだから、これは何かあるなと察し、追いかけてきた。宝刀にまんがいちのことでもあれば、藩にとって一大事、そうおもってな。ともあれ、赦《ゆる》してほしい。おぬしを尾けたのは、お役目柄致し方のないことであった」

つらつらと言い訳しながら、蔵人介のほうを気にしている。

もはや、まちがいあるまい。目つきが父親にそっくりだ。

「もしや、草加部角之進どのか」

蔵人介が先廻りして質すと、若侍はぎょっとする。

「何故、それがしの名を」

「わしは幕臣の矢背蔵人介、御父上から名を聞いておらぬか」

「父から」

「そうだ」

「聞いておりませぬし、父は国許で隠居しておりますが」

「ん、さようか……」

父が江戸へ出てきたことすら知らぬようだ。角馬のほうに何か息子には言えぬ事情があるのかもしれぬと察し、蔵人介はお茶を濁すことにした。

「……いやなに、そなたの御父上とは古い知りあいでな、草加部という姓を聞いて、ぴんときたのだ。目つきもよう似ておるしな」

「さようでしたか。しかし、奇遇でござりますな。それにしても、何故、おそめどのが矢背さまのもとへ」

角之進は肝心な問いを口にする。

「道々、説いてつかわそう」

蔵人介は困った顔のおそめを誘い、ゆったりと歩きはじめた。

佐十郎から研ぎの出来栄えをみてほしいと頼まれた経緯は、浄瑠璃坂を下りきるころには説き終えていた。

「なるほど、事情はわかりました」

角之進は納得のいかぬ様子であったが、蔵人介が父の知りあいだったこともあり、上役には黙っておくと約束してくれた。

若いわりには、はなしのわかる男だとおもいつつ、散策気分で溜池の濠端をぐるりとまわり、新橋から尾張町《おわりちょう》や銀座《ぎんざ》の大路を抜けていく。

京橋を渡って鍛冶橋のそばにある見世にたどりついたころには、三人ともすっかり打ち解けた感じになっていた。

楽しげな若いふたりを眺めていると、身分のちがいはあるにせよ、似合いの夫婦になっても不思議ではないなと、想像を逞《たくま》しくしてしまう。

ところが、見世に一歩踏みこんだ途端、蔵人介は顔を顰めた。

後ろのふたりも、すぐさま異変に気づく。

血腥《ちなまぐさ》い臭いが漂っているのだ。

「……お、おとっつぁん」

おそめは草履のまま床にあがり、奥に向かう途中で滑って転んだ。

血溜まりができている。

奥へつづく廊下の片隅に、佐十郎が横たわっていた。

「あっ」

立ちすくむおそめの小脇を、角之進が擦り抜ける。

佐十郎のもとへ身を寄せ、肩を抱き起こした。

「息があります。御父上はまだ死んでおらぬ」

蔵人介も身を寄せ、後ろから覗きこんだ。

胸を斜めにばっさり斬られ、夥《おびただ》しい血を流している。

残念だが、助かるまい。

「ん、何か言うておられる」

角之進は顔をかたむけ、佐十郎の口に耳を近づけた。

「……あ、あかしか」

それが、今際《いまわ》に漏らしたことばだった。

佐十郎はこときれた。

おそめは、その場にへたりこむ。

動顚《どうてん》して、涙も出てこないようだった。

蔵人介には、どうすることもできない。

角之進は我に返り、立ちあがって部屋のなかをみまわした。

いくつもある刀掛けが倒され、抜き身の刀が何振りも転がっている。

「くそっ」

角之進は畳に這いつくばり、刀を拾いあげては投げていった。

「ない、ない。くそっ、何処にもないぞ」

探しても無駄なことは、角之進にもわかっている。

敵の狙いはあきらかに、童子切安綱であった。

あらかじめ、研ぎにだされたことを知っていたのだ。

研ぎ師を殺めてまで奪うとは、よほど欲しかったにちがいない。

「おぬしには、何ひとつ落ち度はない」

蔵人介は屈みこみ、佐十郎の瞼を閉じてやる。
ふと、固く握られた右手に目を落とした。
無理に開くと、何かを摑んでいる。
髑髏《どくろ》の根付《ねつけ》だった。
下手人の持ち物かもしれぬ。
蔵人介は根付をそっと袂に入れた。
「わっ」
突如、おそめが駆けだす。
佐十郎の屍骸にしがみつき、嗚咽《おえつ》を漏らしはじめた。
角之進が振りかえり、悲しい顔でみつめている。
手を差しのべたくとも、できないのだろう。
どうして、こんなことになったのか。
蔵人介も、にわかに理解できない。
ただ、佐十郎が必死のおもいで伝えたかったことだけは、叶えてやらねばなるまい。
敵は「あかし」に関わりのある、髑髏の根付の持ち主だ。

「佐十郎よ」

おぬしのことは忘れぬ。

「敵は、かならず……」

口をへの字に曲げた死に顔をみつめ、蔵人介は胸に誓う。

祈ることしかできない自分が、歯痒《はがゆ》くてならなかった。

八

翌日の早朝、内濠の周辺は濃い霧に包まれた。

鍛冶橋御門内の津山藩邸も霧のなかに沈んでいたが、東の空がすっかり明け初めたころ、霧の晴れ間に異様な光景が浮かびあがった。

門前の地べたに一本の刀が突きささり、すぐそばに野良犬の首が転がっていたのだ。

「ひぇええ」

門番の悲鳴は、寝所の斉民公にも届いたほどであったという。

刀は紛れもなく、佐十郎のもとから盗まれた童子切安綱であった。

特徴のある小乱《こみだ》れの刃文に沿って、犬のものらしき血が滴っていた。

「悪戯にしては、念が入りすぎておりますな」

笹之間で昼餉の毒味が終わったとき、相番の逸見鍋五郎が喋りかけてきた。

「城内でも噂になっております。『犬小屋の祟《たた》り』などと申す者も」

生類憐《しょうるいあわれ》みの令で誰もが迷惑をこうむっていた元禄のころ、中野《なかの》村の十万坪におよぶ敷地に犬小屋普請《ふしん》を命じられたのは津山藩であった。もっとも、幕初からの藩主は徳川家の御家門ではなく、織田信長に重用された森《もり》家の血筋で、第四代藩主の長成《ながなり》は線の細い齢二十五の殿さまだった。

陣頭指揮にあたったのは係累《けいるい》の関衆利《せきあつとし》、こちらも弱冠二十三の若き家老である。六十日にわたって、のべ十万人の人足が投入され、犬部屋約二百九十棟、餌飼所、釜屋、番所など合わせて約八百四十棟、さらには井戸約百ヶ所からなる広大な施設ができあがった。

普請をやり遂げた藩は面目を保ったものの、費用は想像を遥かに超えて膨《ふく》れあがり、人足賃金は銀二千四百貫、荷車、荷馬、賄《まかな》いなどは銀五千貫にもおよんだ。心労が祟って長成は三年後に病没し、新しい藩主に据えられた家老の衆利も江戸へ伺候する途中、乱心《らんしん》のすえに亡くなった。森家は改易《かいえき》、津山藩は幕領《ばくりょう》となったが、しばらくして越前松平家の係累が移封《いほう》されたのである。

爾来《じらい》、津山藩と言えば、犬小屋を連想させるようになった。

「それゆえ、犬の首を斬ったのではないかと」

いったい誰が何のために、というところまでは言及されていないようだ。

いずれにしろ、よほどの恨みを持った者の仕業であろうと、城の内外では噂されているらしい。

蔵人介は苦い顔で、悲惨な最期を遂げた佐十郎のことを考えていた。

今際に漏らした「あかし」が明石藩のことだとすれば、下手人も絞りやすい。さっそく串部に命じ、半蔵御門外の藩邸に近い根付屋を虱潰《しらみつぶ》しに当たらせていた。

遺されたおそめのことも案じられたので、幸恵に事情をはなして様子をみにいかせている。佐十郎の通夜や葬儀の段取りもあり、縁者とも密に連絡を取らねばならない。できるだけのことはしてやりたかった。

ありがたいのは、宝刀を盗まれた佐十郎が責を問われぬよう、角之進が骨を折ると約束してくれたことだ。角之進自身、どういうお咎《とが》めがあるかわからぬというのに、俠気《おとこぎ》をみせてくれた。さすが、草加部角馬の一子だと褒めてやりたかったが、父のことはまだはなせずにいる。

夕刻、蔵人介は厠《かわや》へ向かうべく笹之間から出て、御膳所へ通じる廊下をわたりはじめた。

ふと、廊下の片隅に目をやると、白髪の重臣が気配を殺して立っている。

見知らぬ相手だが、誰であるかはすぐにわかった。

「おぬしが矢背蔵人介か」

「いかにも」

「わしが誰か、わかるか」

「御勘定奉行、明楽飛騨守さまであられましょうか」

「ふっ、わかっておるなら、はなしは早い。おぬし、鬼役であるにもかかわらず、大奥経由で密命を下されておろう」

どきりとしたが、惚けるしかない。

「はて、何のおはなしでしょう」

「惚けるのか。ふっ、まあよかろう。ひとつだけ忠告しておく」

明楽はしみのめだつ顔を近づけ、囁くように言った。

「密命が下されても、御家門を手に掛けてはならぬ」

「仰る意味がよくわかりませぬが」

首をかしげると、明楽は色の薄い瞳を向けてくる。

「鬼役は毒を啖《くろ》うておればよい。裏のお役目を果たそうなどとおもうな。それでもやると申すなら、わしらがまず相手となろう」

「わしらと仰るのは、御庭番十七家のことでござりましょうか」

「ふん、わかっておるではないか。十七家を敵にまわしたら、誰であろうと勝ち目はないぞ」

明楽は声もなく笑い、気配もなく消えていった。

背筋の伸びた後ろ姿は、齢八十を超えた老人のものとはおもえない。

「化け物め」

蔵人介は吐きすてた。

しかし、何故、御庭番の束ねに脅されねばならぬのか。

そのまま笹之間には戻らず、御膳所裏の厠へ向かう。

すでに陽は落ち、あたりは闇に閉ざされつつあった。

期待どおり、壁際に人の気配が蹲っている。

「化け物に謎を掛けられましたな」

声の主は、公人朝夕人の伝右衛門にほかならない。

蔵人介は眉間に皺を寄せた。

「こちらの正体をわかっておいでのようだった」

「確証があるわけではござりますまい。ただ、敵にまわせば手強い相手と踏んだのでしょう」

「だとしても、何故、手を引けと申すのか」

「体面のはなしでござりましょう」

伝右衛門は、突きはなすように言った。

「体面とな」

「どうやら、水野さまから密命が下ったご様子」

――御家門、松平左近衛少将斉宜を亡き者にせよ。

真実だとすれば、老中の決断としては異例である。

「明楽さまとしては何としてでも、自分たちで始末をつけたい。ほかの誰かに手柄を奪われるのはもちろん、邪魔をされたくもないと考えたのでは」

「それが御庭番の体面か」

刺客を請けおった者の矜持というべきかもしれぬ。

「何せ、こたびの獲物は大きすぎます。釣り好きの太公望《たいこうぼう》なら、釣果《ちようか》を奪われたくないと考えるのが常というもの。それに、明楽さまはこたびの密命を隠居の花道としたい意向がおありのようだ」

御家門の大名を秘かに葬るのは、容易なことではない。それをやってのければ、御庭番の家々は今まで以上に、公儀で重要な地位を占めるようになろう。

「そのことへの布石《ふせき》になると期待を込めて、お受けしたのではないかと」

伝右衛門は、いかにもありそうな筋を描く。

明楽はまことに、密命を打算で受けたのだろうか。

「矢背さまは、どのような理由で密命をお受けになるので」

「どのようなとは」

「まさか、情では動かれますまい。たとえば、研ぎ師の敵討ちというような」

皮肉めいた台詞を吐かれ、蔵人介は眸子《まなこ》を光らせた。

「おぬし、何か摑んでおるのか」

「はて、これは風聞《ふうぶん》にすぎませぬが、明石のお殿さまは常々、童子切安綱を拝見させてほしいと懇願されていたとか」

好奇の心を抑えきれなかったらしいのだが、斉宜に懇願された斉民は頑《がん》として首を縦に振らなかった。それを恨みにおもい、斉宜が家臣に命じて、あのような脅迫まがいの悪戯を仕掛けたとも考えられる。

「おそらく、津山のお殿さまも疑っておられましょう。確証が得られたあかつきには、刺客を放つやもしれませぬ」

「御庭番のみならず、津山藩にも命を狙われると」

「鬼役がくわわれば、三つ巴《どもえ》となりましょう」

「期待するような口振りだな」

「いいえ、いっこうに。それに、物狂いの殿さまを葬るのは、さほど容易なことではありませぬ」

「宇治川帯刀か」

「何でも、東軍流の手練《てだれ》とか。くれぐれも、油断なきよう」

他人事のような台詞を残し、壁際の気配は消えた。

胸中に隙間風が吹きぬける。

佐十郎の敵を討ちたいのは山々だが、踏みこむのはまだ早い。

御家門の大名を成敗するための、明確な理由が欲しかった。

情で動いてはならぬ、と蔵人介はみずからに言い聞かせる。

淡々と役目を果たす姿勢でのぞまねば、失敗《しくじ》る公算が大きくなるからだ。

蔵人介は不本意にも、如心尼から密命が下されてくるのを期待していた。

九

佐十郎は荼毘《だび》に付《ふ》された。

おそめは気丈《きじょう》にも見世をたたまず、佐十郎の弟子たちに手伝ってもらいながら研ぎ屋をつづけていくという。

幸い、津山藩からのお咎めはなく、意外にも香典が包まれた。すべて、腰物方をつとめる草加部角之進の口利きによるものらしかった。

蔵人介は角之進に父のことを伝えたかったが、そのためには角馬の了解を得ねばならず、何度か白魚河岸の『魚作』を訪れたものの、角馬と再会することはできなかった。

暦は替わり、桜の便りもちらほら聞かれはじめている。

隅田川《すみだがわ》沿いの桜はまだ五分咲きだが、墨堤《ぼくてい》を歩いていると雄壮《ゆうそう》な木流しの風景を目にすることができた。

奥多摩《おくたま》の山々から伐《き》りだされた木材は丸太にして筏《いかだ》に組まれ、あばと呼ばれる川口《かわぐち》の集積所から荒川《あらかわ》経由で隅田川を下ってくる。筏師《いかだし》による木流しは雪解けで川の水嵩《みずかさ》が増す彼岸《ひがん》の前後からはじまり、桜の満開とともに佳境を迎えるのだ。

蔵人介は吾妻《あずま》橋の手前で右手に折れ、寺の多い中之郷《なかのごう》の町家を進んでいった。しばらくすると、横川《よこかわ》に架かる業平《なりひら》橋がみえてくる。粒の大きな蜆《しじみ》で知られる辺りだ。橋を渡って田圃や畑のある百姓地を進むと、群がる藪の途切れたさきに、荒れはてた阿弥陀《あみだ》堂が建っていた。

以前にも訪れたことがある。そのときも、今と変わらずに朽ちかけていた。

階《きざはし》は五段ほど、破れた観音扉の手前では、串部が仏頂面《ぶっちょうづら》で待ちかまえている。

「殿、遅うござる。日が暮れてしまいますぞ」

日没までには、まだ一刻《いっとき》（二時間）ほどあろう。

「大袈裟なやつだな」

蔵人介は枯葉を踏みしめ、階を上っていった。

「捕らえた者の名は新見又造《にいみまたぞう》、明石藩の脱藩侍にござります。こいつを鼻先にぶらさげたら、顔色を変えましたぞ」

串部が摘んでみせたのは、髑髏の根付だった。

「まちがいありませんな。佐十郎を斬ったのは、あやつです」

観音扉を開くと、斜めに割れ目のはいった阿弥陀像の手前に、後ろ手に縛られた五分月代の侍が座らされていた。

無精髭《ぶしょうひげ》の生えた薄汚い面を向け、猪のように前歯を剝きだす。

「誰だ、おぬしは。何度聞かれても、知らぬものは知らぬぞ。鍛冶橋の研ぎ師なぞ会ったこともないわ」

「されば、聞こう」

串部は新見を見下ろし、尋問をはじめた。

「金を持っておるようにはみえぬが、吉原の大見世で散財したのはどういう了見《りょうけん》だ」

「拾ったのさ。道端で大金を拾ったんだよ」

「ふん、どこまでも嘘を吐きとおす気だな。それなら、こっちにも考えがある」

串部は脇差を抜き、床に突きたてた。

「……ど、どうする気だ」

「足の爪を一枚ずつ剝ぐ。足が終わったら手、それでも喋らぬようなら、手足の指を一本ずつ貰う。耳、鼻、睾丸《こうがん》と、からだじゅうを斬り刻んで、最後に舌だけ残してやる。それが嫌なら、正直にぜんぶ吐いてしまえ」

「吐いたらどうする。縄を解いてくれるのか」

串部は首をこきっと鳴らし、こちらに目顔で許しを請う。

蔵人介がうなずくと、新見の顔にぱっと光が射しこんだ。

「約束だぞ。縄を解いてくれるのだな」

「ああ、縄を解き、ついでに刀も返してやる。さあ、喋ってみろ。おぬしが佐十郎を斬ったのか」

「さよう、わしが斬った」

新見はひらきなおった。

串部は口調を変えずに質す。

「童子切を奪うためか。だとしたら、宝刀の在処《ありか》がようわかったな」

「部屋じゅう探したさ。いくら脅しても、親爺は口を噤《つぐ》んでおったからな。されど、すぐにみつけた。わしはこうみえても刀剣の目利きゆえ、童子切安綱の特徴はわかっておったのだ。それに、名刀というものは輝きがちがう。こちらが探さずとも、向こうから呼び寄せてくれる」

串部は苦笑する。

「誰に命じられた」

所在なく歩いていると、町中で声を掛けられたらしい。

「頭巾で顔を隠しておったが、からだつきですぐにわかった。あれはどうみても、宇治川帯刀さまだ」

「ほう、明石藩の物頭に命じられたのか」

「五十両になると言われたからな」

食いつめ者にとっては、夢のような大金だ。

「で、盗んだ童子切を物頭に手渡したのか」

「そんなへまはせぬ。手渡した途端にばっさり、口封じされるとおもうたからな」

報酬の五十両はあらかじめ藩邸の門番に預けさせ、こちらの都合で宝刀を持ちこむ条件で引きうけたという。

「悪知恵がはたらくのう」

「野良犬を斬ったところもみたぞ」

「何だと」

串部は身を乗りだし、蔵人介も眸子を細めた。

宝刀と犬の首が津山藩藩邸の門前に晒された前日の真夜中、明石藩邸の門前での出来事だったという。

新見は何かありそうだなと勘をはたらかせ、粘り強く物陰に潜んでいたらしかった。

「ふふ、誰がやったか知りたいか。やったのはな、明石の莫迦殿よ。家来どもが捕まえてきた犬を追いまわし、はしゃぎながら斬りおった。されど、斬ったのは犬だけではないぞ」

「ん、どういうことだ」

「物狂いのお殿さまは、生身の人を様斬《ためしぎ》りにしたいと騒ぎおった。しばらくして、門前に連れてこられたのは、国許にある某村の庄屋らしき男だった。どうやら、村人に駕籠訴をけしかけた罪で捕まっておったらしい」

内桜田御門外で斉宜から足蹴にされた庄屋であろうか。

「それで、どうなった」

串部は喉が渇いたのか、ごくっと唾を呑みこむ。

「莫迦殿は童子切安綱を掲げ、大上段から斬りさげた。されど、庄屋が顔を引っこめたゆえ、鼻を落としただけであった。莫迦殿はさも嬉しそうに、二刀目を袈裟懸けに斬りつけた。されど、こんどは力が弱すぎて、刀は肩の肉を裂いただけ、骨まで断つことはできなかった」

そこからさきは、眺めているのも辛かったという。

血達磨《ちだるま》になった庄屋は、四度、五度と斬りつけられ、ようやく動かぬようになった。

「まさしく、物狂いの所行《しょぎょう》よ。わしは自分のやったことを少しばかり悔いたが、一方では安堵もした。世の中には、自分よりも遥かに酷《ひど》い悪人がいる。返り血を浴びて高笑いする莫迦殿をみておると、人斬りもたいしたことのないようにおもえてな」

新見は自嘲してみせる。

はなしは、それですべてだった。

「さあ、縄を解いてくれ」

新見の懇願に応じ、串部は縄を解いてやった。

大小も返してやると、脱藩侍は突如として強気になる。

「ふん、じつはな、とっておきのはなしがある。路銀を恵んでくれたら、教えてやってもよいぞ」

串部は懐中に手を入れ、重そうな財布を取りだした。

「聞こう」

「よし、教えてやる。近々、中老の上月万太夫が腹を切らされるそうだ。罪状はわからぬ。宇治川帯刀が配下と喋っておるのを盗み聞きした。上月が死ねば、莫迦殿に抗う勢力は萎《しぼ》む。おそらく、上月派は一掃されるにちがいない」

「藩内の争いに決着がつくというわけか」

「おぬしらが何者かはわからぬ。もし、大目付《おおめつけ》の手先なら、一刻も早く手を打たねばなるまい。さもなければ、藩内の争いを理由に、明石藩を改易に持ちこむことができぬようになるからな」

ふんと、串部は鼻を鳴らす。

「余計なことは気にせず、おぬしは自分の身を心配したほうがよい」

「何だと」

「縄を解く約束はしたが、命まで助けるとは言うておらぬ」

「くそっ、謀《はか》ったな」

「謀るも何も、ここまで生かしてもらったことを感謝しろ」

串部が身構えると、新見はすっと後退《あとずさ》った。

「甘いぞ。わしは心形刀流《しんぎょうとう》の免許皆伝だ。酒に眠り薬を入れられて不覚を取ったが、刀が戻ればこっちのもの」

新見は刀を抜いた。

ふっと、串部は沈む。

「のわっ」

ずんと、新見の背が縮んだ。

前のめりに倒れ、おのれの血溜まりにのたうちまわる。

一瞬の出来事だった。

阿弥陀像の前には、二本の臑だけが残されている。

串部が両刃の刀で臑を刈ってみせたのだ。

「莫迦め」

観音扉が閉まったあとも、新見はもぞもぞ藻掻《もが》いていた。

ひょっとしたら、巣に帰る鴉の鳴き声を聞いたかもしれぬ。

当分のあいだ、おそらく誰も訪れぬであろう阿弥陀堂は、深閑《しんかん》とした闇のなかに沈んでいった。

新見が言ったとおり、明石藩中老の上月万太夫は腹を切った。

表向きは病死とされ、藩士たちにとっては寝耳に水の出来事であった。

上月の死を皮切りに、上月派の連中はつぎつぎに捕縛され、藩邸内の牢に繋がれていった。

蔵人介が詳しい経緯を知り得たのは、命を助けてやった明石藩藩士の網野小一郎に聞いたからだ。網野は蔵人介の伝手《つて》で、薬研堀《やげんぼり》に住む呂庵《ろあん》という町医者の家に匿《かくま》われていた。夜な夜な隠れ家から脱けだし、同じ志を持つ若い連中と連絡を取りあっているようだった。

「あの若造、危ういですぞ」

串部はさきほどから、矢背家に火の粉が降りかかることを案じている。

「下手をすれば、十万石格の藩を丸ごとひとつ相手にせねばなりませぬ。いかにもそれは無理なはなし、こちらの素姓がばれぬうちに手を打たねばなりますまい」

手を打つとは、物狂いの大名を成敗することだ。

斉宜の悪辣《あくらつ》な行為が判明した以上、迷うことは少しもない。

密命のありなしにかかわらず、佐十郎の敵を討たねばならぬとおもっていた。

だが、安易に踏みこんではならぬと、もうひとりの自分が耳許で囁いている。

懸念しているのは、明楽飛騨守の動きだ。

伝右衛門の読みどおりなら、御庭番も斉宜の命を狙っている。

下手に動けば、何処かで衝突しかねない。

明楽にこちらの正体を見破られたら、それこそ、矢背家の行く末に暗雲が垂れこめることになろう。

立場はちがっても、今のところ敵対はしていない。

味方同士でやり合っても、得るものは何もなかった。

となれば、しばらくは静観するのが利口《りこう》というものだ。

めずらしく煮えきらぬ蔵人介の態度に、串部は苛立ちをおぼえていた。

そうしたなか、おもいがけぬ相手から由々しき一報がもたらされた。

本所《ほんじょ》の百本杭《ひゃっぽんぐい》に、侍らしき二体の屍骸が浮かんだというのである。

報せてきた相手は、北町奉行の遠山左衛門少尉景元《とおやまさえもんのしょうじょうかげもと》であった。

夕刻、蔵人介は浄瑠璃坂を下り、愛敬《あいきょう》稲荷の裏にある『丑市《うしいち》』に向かった。

軍鶏《しゃも》の鋤焼《すきや》きを食わせる見世で、遠山が馴染みにしており、蔵人介も何度か相伴《しょうばん》に与《あずか》ったことがある。

女将に案内されて奥の座敷を覗くと、町人に扮《ふん》した遠山が赭《あか》ら顔で座っていた。

下座にはもうひとり、四十絡みの見知らぬ月代侍が控えている。

「おう、来てくれたか。ささ、駆けつけ三杯」

返盃の盃に注がれたので、とりあえずは一杯だけ頂戴する。

「しゃっちょこばるなって。いつもどおり、金四郎《きんしろう》と呼んでくれ」

遠山は陽気に笑いながらも、鋭い目つきで下座の侍をみた。

「そいつは隠密廻《おんみつまわ》り同心の宮窪玄蕃《みやくぼげんば》。虚無僧《こむそう》でも飴売りでも、自在に化けてみせる。扮装《なり》なんぞ気にするなと言っておいたのに、おめえさんに初めて会うからと、一張羅《いっちょうら》の黒紋付きで来やがった。へへ、ああみえても、緊張していやがるのさ。何でも、おめえさんを秘かに信奉しているらしくてな」

「信奉されるおぼえはありませぬが」

「そっちにはなくても、こっちにはあるんだとよ。なあ、玄蕃。いい加減、何か喋ったらどうだ」

「申し訳ござりませぬ」

宮窪玄蕃は頰を強張らせ、きちんとお辞儀をしてみせる。

「じつを申せば、以前、九段坂上の練兵館にて、館長の斎藤弥九郎先生と立ちあっておられるのを拝見いたしました。矢背さまの立ち姿があまりに美しすぎて、爾来、秘かにお慕い申しておりまする」

「けけ、お慕い申しておりまするだとよ」

遠山は、さも可笑《おか》しそうに笑った。

「案ずるな、こやつは衆道《しゅどう》ではない。のう、玄蕃」

「はい、何と申したらよいのか。もはや、これは憧れに近い心持ちにござります」

「ふん、気色《きしょく》の悪い野郎だぜ」

蔵人介は聞きながし、遠山に怪訝《けげん》な顔を向ける。

「お呼びいただいたのは、百本杭に浮かんだ屍骸のことにござりましたな」

「おう、それそれ。玄蕃、説明してやれ」

「はっ」

みつかった遺骸はどちらも幕臣で、ひとりは梶岡惣兵衛《かじおかそうべえ》、もうひとりは八束新左衛門《やつかしんざえもん》というらしい。

遠山がはなしを引き取った。

「ふたりはな、御庭番なのさ」

「えっ」

「驚いたな。おぼえでもあんのか」

「いいえ」

「嘘を吐くな。おめえさんにしちゃ、めずらしく動揺してんじゃねえか。へへ、わかるんだぜ、長《なげ》えつきあいだからな。玄蕃、つづきを」

「はっ」

御庭番のふたりは、いずれも同じ手口で殺《あや》められていた。刀ではなく、棒のようなもので脳天を割られていたというのだ。

「棒でござるか」

蔵人介の瞼が、わずかに痙攣《けいれん》する。

宮窪はここぞとばかりに、たたみかけた。

「八束どのとは面識がござりました。以前、忍びくずれの盗人を追っていたとき、合力《ごうりき》を仰いだことがあったもので。昨夜、八束どのを今戸《いまど》橋の舟寄せで見掛けました。夜目にござりましたが、いっしょにおられたのが梶岡どのであったやにおもわれます」

宮窪は吉原の見廻《みまわ》りから戻ったところで、役目柄、ふたりから目を離さずにいたところ、舟寄せに猪牙舟《ちょきぶね》が一艘《そう》やってきた。

「降りてこられたのは、頭巾ですっぽり頭を覆ったお方で、風体から身分のお高い方に相違ないと察しました。供侍も何人かお連れになっておられたかと」

宮窪のみたかぎりでは、ふたりの御庭番は身分の高い侍を桟橋で出迎えようとしていた。

「今から廓《くるわ》遊びに向かうのだなと、それがしは察しました。と、そこへ、怪しげな人物がひとりあらわれたのでござります」

編笠《あみがさ》をかぶっていたので顔つきはわからぬが、手に六尺棒を携えていたという。

「そのくせもの、物も言わずに近寄ると、頭巾の侍に襲いかかりました。これを阻《はば》もうとして、まずは八束どのが一撃で頭をかち割られ、梶岡どのとおぼしき方も一《いち》合《ごう》交えたのちに斃《たお》れました。ふたりが闘っているあいだに、頭巾の侍は猪牙に戻り、難を逃れたのでござります」

宮窪は下手人ではなく、猪牙舟のほうを追いかけた。そのあたりが、ほかの廻り方とはちがう。

「鼻が利くのさ」

遠山も配下を自慢した。
猪牙舟の行きついたさきは、柳《やなぎ》橋の舟寄せだった。陸《おか》には網代駕籠が待ってお
り、主人を乗せた駕籠の向かったさきは、半蔵御門外の明石藩藩邸であったという。
蔵人介の眉が、ぴくりと動いた。
遠山が薄く笑う。
「噂くれえは聞いてんだろう。お殿さまは箸にも棒にもかからねえ屑《くず》だってな。莫
迦殿はたぶん、お忍びで廓遊びに繰りだそうとしたんだろうよ。棒侍はあらかじめ、
そいつを調べていた。莫迦殿は命を狙われたが、ふたりの御庭番が盾になったおか
げで命拾いした。それが顚末《てんまつ》だ。おれがおもうに、御庭番は防《ふせぎ》の役目を命じられ
ていたにちがいねえ。いってえ誰が、何でそんな命を下したのかは、皆目《かいもく》見当もつ
かねえけどな」
蔵人介は居心地の悪さを感じながらも、問わずにはいられなかった。
「金四郎どの、何故、それがしをお呼びになったのでしょうか」
「それよ。玄蕃、教えてやれ」
「はっ、じつを申せば、先月、鍛冶橋のそばで辻強盗をみかけました」
三人の浪人が商人を襲い、財布を盗んで逃げたときのはなしだ。

「浪人どもの行く手には老侍がひとり立ちふさがり、老侍は棒手振から天秤棒を借りうけるや、鮮やかな手並みでふたりを昏倒《こんとう》させました。三人目は逃走をはかりましたが、そやつの行く手にもうひとり、手強い敵が待ちかまえておりました。浪人は手もなくやられましたが、そのとき、町人が矢背さまの御名を叫んだのです」

町人が叫ばねば、見過ごしていたかもしれぬという。

「棒侍は矢背さまのもとへ近づき、おふたりは二言三言ことばを交わされたのち、白魚河岸の一膳飯屋へ向かわれました」

見世にはいったのを確かめ、宮窪は踵《きびす》を返したのだ。

蔵人介は横に向きなおり、駄目元で問いをぶつけた。

「わしといっしょにいた棒侍が、明石藩のお殿さまを襲った刺客とはかぎらぬではないか」

「たしかに。されど、刺客は棒の使い方に特徴がござりました」

「ほう、それは」

「主に左手で扱っていたのでござる。おそらく、利き手は左手かと。矢背さまが懇意になられた御仁も、左手で器用に天秤棒を扱っておられました。面相こそ判然といたしませぬが、立ち姿は似通っておりました」

宮窪が山谷堀《さんやぼり》の注ぎ口に架かる今戸橋の舟寄せでみた棒侍は、草加部角馬にまちがいあるまい。

それにしても、何故、角馬はそのような無謀なまねをしたのだろうか。

与作の見世でも、若い網野小一郎にあれほど「命を粗末にしてはならぬ」と諭していたはずなのに。

遠山は口を尖《とが》らす。

「どうでえ、おめえさんを呼びつけた理由がわかったかい」

「はい」

「なら、教えてもらおうか。棒侍ってのは何者なんだ」

「お教えできませぬ」

きっぱり即答すると、遠山は町奉行の顔になった。

「庇《かば》うのか。御庭番をふたりも殺めた野郎だぜ」

「ときが来たら、かならずお教えいたします。棒侍のこと、それがしにお任せいただけませぬか」

蔵人介は畳に両手をついた。

重苦しい沈黙がつづき、唐突に遠山は笑いだす。

「くはは、鬼役にひとつ貸しができたぜ。近いうちに、そいつは倍にして返《け》えしてもらうかんな」

「かたじけのう存じます」

遠山に頭をさげ、かたわらの宮窪にも頭をさげる。

宮窪は顔を赤らめ、申し訳なさそうにお辞儀をした。

ちょうどそこへ、鋤に載せて焼いた軍鶏肉が運ばれてくる。

香ばしい匂いを嗅いでも、いっこうに食欲は湧いてこなかった。

十一

宮窪から今戸橋での件《くだり》を聞いていて、妙だと感じたことがあった。

ふたりの御庭番が斉宣を狙う側ではなく、守る側についていたことだ。

明楽飛騨守が関わっているのだとすれば、体面のために御家門の大名を斬るという伝右衛門の読みは、見当違いだったことになりはしないか。

それを確かめたかったが、数日のあいだ、伝右衛門に会う機会を逸《いっ》していた。

ところが、桜も七分咲きになったころ、おもいがけず、ひとりの老臣がふらりと志乃のもとを訪ねてきた。

蔵人介は宿直《とのい》を終え、正午前に城から家に戻った。

「御茶室にお客さまがおみえです」

幸恵に言われて何の気なしに向かうと、庵の外まで笑い声が聞こえてくる。

蹲踞《つくばい》で手を浄め、躙《にじ》り口《ぐち》に近寄ると、内から志乃の声が聞こえてきた。

「蔵人介どのか、はいるがよい」

「はっ」

狭い口から身を捻《ね》じいれ、客畳に座る相手に平伏《ひれふ》す。

顔を持ちあげた瞬間、はっとして息を呑んだ。

明楽飛騨守が、好々爺《こうこうや》のごとく微笑んでいる。

「いかがした。明楽さまを存じあげぬのか」

「……い、いえ、城内で一度」

「ほほ、さようか。明楽さまは古き友でのう、こうしてお会いするのは何年ぶりになりましょうか」

「二十年ほどかと」

「光陰《こういん》矢のごとしにござりますね」

「まことに」

茶葉の香が仄《ほの》かに漂った。

枯れ寂びた又隠《ゆういん》には四枚の細長い畳と真四角の炉畳《ろだたみ》が一枚敷かれており、まんなかの炉畳には炉が切られてある。躙り口からみると、正面手前から客畳、床前畳《とこまえ》、床とつづき、左手には水屋《みずや》へ通じる踏込畳と茶頭《さどう》の座る点前畳《てまえ》が敷かれていた。

明楽は右手の客畳、志乃は左手の点前畳に座って対面し、横向きに座った明楽の肩越しには床がみえる。

床の壁には「石」と墨書された夢窓疎石の贋作が掛かっていた。

花入れに挿してある猫柳《ねこやなぎ》は、明楽が手折《たお》ってきたものであろうか。

土手道で見掛けたのをおもいだした。

炉では鶴首《つるくび》の茶釜が湯気を立てている。

明楽は終始、微笑みを絶やさない。

何故、わざわざ足を運んだのか。

横顔を盗み見ても、顔色を読むことはできなかった。

志乃は茶釜の蓋を取り、茶柄杓《びしゃく》で器用に湯を掬う。

「明楽さまはな、永《なが》のお勤めに終わりを告げられる。今日はご挨拶でおみえになったのじゃ」

隠居の挨拶は表向きのこと、裏には隠された目途があるのだろう。

今戸橋のそばで亡くなったふたりの御庭番とは、どういう関わりだったのか。

おもいきって質してみようかと、蔵人介はおもった。

志乃は茶杓の櫂先《かいさき》に抹茶を盛り、温めた黒楽《くろらく》茶碗に湯を注ぐ。

茶筅《ちゃせん》を巧みに振り、さくさくと泡立てはじめた。

流れるようにすすむ所作には一分の隙もない。

明楽は黙然と見入っている。

その膝前へ、すっと黒楽茶碗が差しだされた。

桜鼠《さくらねず》の地に家紋の染めぬかれた袖を振り、明楽は両肘を張りながら茶碗を取る。

歴戦の強者のごとき荒々しい風情で、ずずっとひと口に茶を呑みほした。

「けっこうなお点前《てまえ》」

神妙に発し、茶碗を褒めずに膝前へ置く。

すでに、一杯目は呑んでいたのであろう。

下地《したじ》窓から射しこむわずかな光が、志乃の纏《まと》う山吹《やまぶき》色の着物に陰翳《いんえい》の襞《ひだ》をかたちづくっている。

薄く紅の差された唇が動いた。

「明楽さまとはじめて出会ったのも、お茶の席にござりましたな」

「それがしが腰物奉行になった年ゆえ、かれこれ三十年ほど前になりましょうか。ようおぼえております。志乃さまはそのころ、大奥に時折呼ばれて薙刀の御指南をしておられた。今は亡き家斉公が志乃さまの演武をえらく気に入られ、中奥の双飛《そうひ》亭《てい》にてご慰労のお茶会を催されたのでござる」

「お席には上様と御台様《みだいさま》と御側室のお以登《いと》の方さまと、それに、明楽さましかおられませんでしたね」

「あのときの栄誉は、生涯忘れられませぬ。それがしのごとき陰の者が、上様と御台様ご着座のお茶会へ招かれたのでござりますから。すべては、志乃さまのご人徳ゆえと感謝いたしております」

座興《ざきょう》に呼ばれたことも追い風となり、明楽は立身出世を遂げたのかもしれない。並々ならぬ能力はあったにせよ、家斉に目を掛けられる幸運に恵まれねば、百俵取りの御庭番が役料三千石の勘定奉行へ昇進できるはずはなかった。

「ご謙遜《けんそん》なさるな。明楽さまは御休息御庭番支配《ごきゅうそくおにわばんしはい》として、御台様から盤石《ばんじゃく》のご信頼を寄せられていた。しかも、上様が寵愛《ちょうあい》なされたお以登の方さまのご実父ゆえ、上様も気兼ねなくお呼びになられたのでしょう」

「茶頭は志乃さまがおつとめになられた。されど、正直に申しあげれば、あのとき点《た》てていただいた茶の味など、わずかもおぼえておりませぬ」

「ほほほ、無理もないことにござります。されど、上様はあのとき、お酒を少々嗜《たしな》んでおられました。さもなければ、あのような座興はなされませぬ」

何気ない会話には聞こえない。ことに驚いたのは、明楽がお以登の方の実父だったことだ。

家斉の側室は周囲に知られているだけでも十六人を数え、今も健在な女性は五人しかいない。年齢順では、お蝶《ちょう》の方、お八重《やえ》の方、お美代《みよ》の方、お瑠璃《るり》の方となり、いずれも隠号を名乗って二ノ丸で暮らしていた。

本輪院《ほんりんいん》と号したお以登の方は、文化《ぶんか》元年頃に大奥に出仕して御次《おつぎ》となり、家斉の御手がついて側室となった。姫君ひとりと男の子三人を産んでいる。じつは、一番下の男の子こそが、家斉の末息子にあたる斉宜にほかならなかった。

すなわち、明楽にとって、斉宜は血の繋がった孫ということになる。

蔵人介は、内心の動揺を隠すのに苦労していた。

老中の水野忠邦が、そのことを知らぬはずはない。

知っていて斉宣暗殺を命じたとすれば、明楽にとっては非情すぎる密命にちがいなかろう。

熟慮のあげく、孫を討つほうではなく、守るほうを選んだのであろうか。

肉親の情とおもえば同情したくもなるが、老中の密命に抗ったことの責は何処かで取らねばなるまい。

それとも、水野の密命など、最初《はな》からなかったのか。

あれこれ考えているところへ、黒楽茶碗が差しだされた。

「何をぼやっと考えておる。さ、そなたもお呑みなされ」

志乃の声に誘われ、蔵人介は漆黒の楽茶碗を手に取った。

ひと口で呑みきった茶の味は、いつもより苦く感じられる。

「ときに、本輪院さまは息災《そくさい》であられましょうや」

志乃の問いに、明楽は渋い顔で応じた。

「ここだけのはなし、二ノ丸に長くおられるのが苦痛に感じることもおありだとか」

「城内におられると、喧《かまびす》しい噂もお耳にはいりましょうし、家斉公のことも思い出されましょう。仕方のないことにござります」

「近頃は息抜きも兼ね、お城を脱けられたりもなされます」

「ほう、芝居でも観にいかれるのか」

「いいえ、説法を聴きにいかれるそうです」

「説法を」

「山谷堀に架かる今戸橋のそばに、遍路寺《へんろじ》と申す尼寺がございましてな。御住職がたいそうありがたい説法をされるとの評判を聞きつけ、最初は藁《わら》にも縋るおもいで訪ねてみられたとか」

「藁にも縋るおもいで……それほど、お悩みが深いのか」

「説法を聴いたら、生きていく気力が湧いてこられたのだとか。爾来、家斉公の御台所《みだいどころ》、広大院《こうだいいん》さまに格別のお許しを頂戴し、折に触れては遍路寺を訪ねるようになったと伺いました」

志乃は、こっくりうなずく。

「まんがいち、わたくしのことをおぼえておいでなら、ご案じ申しあげていたとお伝え願えませぬか」

「かしこまりました」

ふたりのやりとりを聞きながら、蔵人介は胸中に「今戸橋の遍路寺」という台詞を繰りかえした。

明楽はもしかしたら、それを伝えるために訪れたのかもしれない。

御庭番のふたりが葬られた晩、斉宜が向かおうとしたのは吉原ではなく、母の待つ尼寺だったのではあるまいか。

そして、本輪院の悩みとは、不肖の子を産んでしまったことではないのか。

そんなふうにも勘ぐってしまう。

明楽は挨拶を済ませると、風のように去っていった。

志乃はいったい、何処まで事情をわかっているのだろうか。

蔵人介は気になったが、二杯目の茶を点てる養母の表情からは窺い知ることもできなかった。

十二

三日後の夜、網野小一郎が怪しい動きをみせた。

蔵人介は串部に導かれ、大縄手に沿って高輪《たかなわ》大木戸へ向かった。

暗い砂浜と海を左手にしながら大木戸の横を抜け、車町《くるまちょう》のさきで右手の坂道を上る。

今は人気《ひとけ》のない参道だが、赤穂《あこう》浪士が切腹した如月四日の忌日《きじつ》には多くの参詣客で賑《にぎ》わった。

泉岳寺《せんがくじ》には四十七士の墓がある。

じつは、蔵人介と串部も先月の忌日に詣でたばかりだ。

「少し足を延ばせば御殿山《ごてんやま》、夜桜見物にでも行きとうござりましたな」

串部は残念そうに漏らすが、蔵人介は相手にしない。

寺領の南に接しているのは、明石藩の下屋敷であった。

泉岳寺に親しむ若い藩士たちが集まって気勢をあげるのには、もってこいの場所かもしれない。

明石藩の拝領地は約五千三百坪と広く、寺領との境目近くには池泉回遊式《ちせんかいゆうしき》の大きな池もある。じつを言えば、泉岳寺の寺領内から、その池を見下ろすことのできる場所があった。

「高輪富士にござります」

どうやら、網野たちは人の手で熔岩《ようがん》を積んで築いた偽富士のもとに集まっているらしかった。

「何人ほどおる」

「四十七士とまではまいりませぬが、それでも、血の気の多いのが二十余りはいようかと」

「少ないな」

「ええ、供侍の数にもおよびませぬ。まともに駕籠を襲っても、斉宣公を仕留めるのは難しゅうございましょう」

「それでも、襲う気であろうな」

「明朝、斉宣公が登城なさればのはなしでござる」

「登城はされよう。それはたしかだ」

御家門に列する大名たちの一部が先月に済ませておくべき参勤交代の御暇《おいとま》を済ませておらず、老中水野忠邦の命で御挨拶の日を一日だけ設けることになったのだ。

「何やら、ご老中が謀《はか》ったかのようですな」

「それはあるまい。水野さまならば、けっして失敗《しくじ》らぬ手を打たれるはず」

「伝右衛門によれば、御庭番に密命が下されたやもしれぬとか。そちらのはなしはどうなったので」

「伝えておらなんだか」

昨夜、伝右衛門とようやく連絡が取れた。読みどおり、水野忠邦から密命は下されていたが、何らかの事情で撤回されたらしかった。

「えっ、さようなことがあるのですか」

密命を撤回できる人物は、公方以外にいない。公方家慶にはたらきかけるとすれば、大奥を取りしきる姉小路か養母にあたる広大院しかいなかった。

あくまでも想像の域を出ぬものの、本輪院と号したお以登の方が実父の明楽から事情を聞き、広大院に密命の撤回を頼みこんだのかもしれない。息子のことをおもう母の願いを無下《むげ》に拒むこともできず、広大院は機をみて家慶に耳打ちした。家慶も大奥に多大な影響力を持つ養母の頼みならば、耳を貸さぬわけにはいかなかったであろう。

「肉親の情で、残虐非道な殿さまは生かされたということですか」

「伝右衛門のはなしから推せば、そういう筋になろうな」

「下手に命を狙えば、逆しまに明楽さまが盾になるやもしれませぬな」

串部の言うとおりだ。

二十年ぶりで志乃のもとを訪れ、旧交を温めながらも、暗にそのことを伝えようとしたのだろう。

「殿、どうするおつもりです」

「まずは、若い連中を説得せねばなるまい」

ふたりは閉じられた山門を避け、壊れた塀の裂け目をみつけて忍びこみ、寺領の奥へと進んでいった。

空を見上げれば、上弦《じようげん》の月がある。

薄闇に目を凝《こ》らせば、淡い月明かりに偽富士の稜線《りようせん》が浮かんでみえた。

人影らしきものも蠢《うごめ》いている。

偽富士の裏にまわってみると篝火《かがりび》が焚《た》かれ、物々《ものもの》しい装束の侍たちが集まっていた。

その中心にいるのは、網野小一郎である。

寺領内だけに、みな、声をひそめていた。

「よいか、われらの志をみせてやるのだ」

「おう、わかった。明日は死ぬ気でかかるぞ」

「宇治川帯刀なぞは恐くない。狙いは斉宣のみ」

「そうだ。斉宣さえ仕留めれば、藩は生まれかわる」

「われらは捨て石になるのだ。よいか、今宵を機に藩とは縁を切る。われらは藩と関わりのない浪人者にすぎぬ。赤穂浪士の気概《きがい》をおもえ」

勇ましいことばが飛び交っていた。

なかには、興奮して泣きだす者もいる。

近づき難い雰囲気だが、蔵人介と串部は輪のなかへ踏みこんでいった。

「うわっ、何者だ」

若い連中は色めきたち、腰の刀に手を掛ける。

網野が慌てふためき、目の前に飛びだしてきた。

「待ってくれ。おふたりは味方だ。わしを助けてくれた命の恩人でな、幕臣の矢背蔵人介さまとご従者だ」

「ちっ、名前をちゃんと言え」

と、串部が低声《こごえ》で漏らす。

網野が首をかしげた。

「矢背さま、どうなされたのですか。何故、このようなところまで」

「無謀なおこないを止めにきたのだ。闇雲《やみくも》に突っこんでも、命を落とすだけだぞ」

「何だと、邪魔だていたすか」

ひとりが怒りあげると、何人かが同調する。

「止めろ。はなしはわしがする」

網野は仲間を黙らせ、蔵人介に向きなおった。

「困ります。気を殺《そ》ぐようなまねは、慎んでいただけませぬか」

「たぶん、おぬしらの動きは筒抜けだ。宇治川帯刀はこれを好機と捉え、上月派の一掃をはかる肚《はら》かもしれぬぞ。相手が罠を仕掛けておったら、どうするのだ。草加部角馬どのも仰ったであろう。あたら命を粗末にしてはならぬと」

「されど、やると決めたことですから」

網野は声を震わせた。

ここが勝負と、蔵人介は情に訴えかける。

「おぬしらはみな、勤番であろう。いずれは故郷《さと》に戻って、各々の役割を持ち、領地をしっかり治めていかねばならぬ。それこそが、藩に忠誠を誓う武士のありようではないのか。故郷の父上や母上も常のごとく、藩のために汗を流す我が子のすがたを胸に描いておられよう。おぬしらの身は、おぬしらだけのものではない。領地の百姓たちも期待しておるはずだ。気概をもって藩の過ちを正そうとする。そうした若い藩士たちがおらぬようになれば、百姓たちは誰を頼ればよい。おぬしらは藩の宝、一縷《いちる》の望みなのだぞ。わかるな、一時の激情にわれを忘れてはならぬ」

自分でも不思議なほど、ことばが内から紡《つむ》ぎだされてくる。

若い連中は冷水でも浴びたように、黙りこんでしまった。

——ぱん、ぱん、ぱん。

突如、暗闇で手を叩く者があった。

あらぬ方角から、人影がひとつ近づいてくる。

「見事じゃ。貴殿のことばには、人を動かす力がある」

篝火に照らされた人物は、草加部角馬であった。

何故か、殺気を帯びている。

蔵人介は、じっとみつめた。

「草加部どの、お会いしとうござった」

「わしもじゃ。貴殿とは馬が合う。されど、こたびばかりは、譲るわけにいかぬ」

「どういうことでござろうか」

「いかなる手を使ってでも、斉宜公のお命を頂戴せねばならぬ。それがわしに課された命じゃ」

「まさか、そのために江戸へ出てこられたと」

「嘘を吐いて、すまなんだ。江戸に来たのは、息子に会うためなぞではない」

津山藩藩主、松平斉民直々の命により、刺客となるべく罷《まか》り越したのだという。

「わしはな、ふたりの御庭番を亡き者にした。もはや、後戻りはできぬ。こやつらにも正直に伝えた。みな、捨て石になることを誓ってくれた。わしの可愛い門弟たちじゃ。できれば、巻きこみたくはなかった。されど、もはや、何も言うまい。みなでひとつの目途に向かって前進するのみじゃ」

「おう」

と、若い侍たちは拳を突きあげる。

「お待ちくだされ」

蔵人介は、草加部角馬の襟を摑まんほどの勢いで質した。

「おこたえ願いたい。何故、斉民公は弟君の命を狙われるのか」

「こたえるまでもあるまい。生かしてはおけぬ不肖の弟だからよ」

「さりとて……」

「矢背どの、もうよい。幕臣のおぬしが、首を突っこむはなしではなかろう」

串部が口惜しげに唇を嚙んだ。

蔵人介は黙るしかない。

何か言えば、草加部と雌雄《しゆう》を決することにもなりかねぬ。

草加部や網野たちを、この手で斬りたくはなかった。

「承知した。ご武運をお祈り申しあげる」

蔵人介はくるっと踵を返し、すたすた歩きはじめた。

串部が慌てて追いかける。

遠ざかるふたりの背中に向かって、草加部は深々と頭をさげた。

十三

弥生《やよい》八日朝、内桜田御門外。

濠端の桜は見頃を迎えている。

草加部角馬は、一子角之進のことをおもった。

長年連れ添った妻をちょうど一年前に病で失ったあと、角之進はしばらくして藩命により江戸勤番となったのだ。

「父上のことが案じられます」

父親に似て無骨な息子で、他人をすぐに信じてしまうところがあった。それは美点でもあるのだが、大勢の侍や町人が暮らす江戸において人並みにやっていけるかどうか、親としてはたいそう不安におもっていた。

それゆえ、故郷での独り暮らしを案じてくれたことが嬉しかったし、また頼もしくもあった。

「角之進よ、案ずることはない。親のことより、自分のことを考えよ。腰物方ならば、お殿さまのお側に仕える機会もあろう。けっして、御無礼のないよう。他人のみておらぬところで、一所懸命にご奉仕せよ」

「はい、父上。されば、行ってまいります」

出立した朝の希望に満ちた息子の顔が忘れられない。

角之進よ、よくぞ立派に育ってくれた。出世などせずともよいのだ。いつまでも健《すこ》やかに、いずれは所帯を持って幸せになってくれ。

目を潤ませながら、胸中に何度も繰りかえした。

江戸表から密命が下されてきたのは、角之進が去って半年後のことだ。

斉民からの密書は、使いの近習《きんじゅう》すらも内容を報されていなかった。

――明石を討て。

たったそれだけの文面である。

震えた筆跡を一目すれば、断腸《だんちょう》のおもいで決断したのがわかった。

異母弟である斉宣の悪行は誰もが知っている。しかも、無能な暴君を神輿に乗せ、権力を恣《ほしいまま》にする臣下たちがいることもわかっていた。

誰かがいずれ断罪せねばならぬと、角馬もおもっていたのだ。

斉民は国許に戻ってくると、かならず、棒術の指南を請うてきた。

「わしはおぬしの門弟ゆえ、銀之助《ぎんのすけ》と幼名で呼んでくれ」

そこまで親しい間柄であろうとは、近習たちも気づかなかったであろう。

したがって、密書が届けられたとき、角馬に格別の驚きはなかった。

来るべきものが来た、起《た》つべきときが来たと、平らかな気持ちで受けとめただけのことだ。わしは死ぬのだなと、いたって冷静に納得できたし、華々《はなばな》しい死に場所を与えてもらったことに感謝の念すら抱いた。

今もその気持ちは変わらない。

一抹《いちまつ》の後悔があるとすれば、明石藩の若者たちを道連れにせねばならなくなったことだ。ひとりでやろうともおもったが、冷静になって考えれば、たったひとりで成し遂げられるほど容易ではなかった。

たとい、命を成し遂げて生き残ったとしても、謀叛《むほん》の咎でひとり残らず切腹は免《まぬか》れまい。

それでもよいのかと問えば、誰もが異口同音《いくどうおん》にこたえた。
「命よりも名を惜しむ。それが武士というものにござります」
痺《しび》れが走った。
若い連中の覚悟をしっかり受けとめねばならぬ。
網野小一郎は、かたわらにいた。
さきほどから、ぶるぶる身を震わせている。
「武者震《むしゃぶる》いにござる」
と、強がってみせた。
角之進と同じ年くらいだろう。
そうおもうと、胸が痛んだ。
物陰からは、堅固《けんご》な外桜田御門がみえる。
二十数名からなる刺客は、御門の四方に分散していた。
本日お城より呼びだしがあったのは、御家門の大名衆である。
そのなかには、明石藩だけでなく、津山藩もふくまれていた。
事によったら、斉民公の登城と重なるやもしれぬ。
そうなれば、目の前で密命を果たすことができる。

「お殿さま……」

いや、いかん。余計なことを考えてはならぬ。偶然を期待する気持ちが邪念を生み、失敗《しくじ》ってしまうことの恐ろしさを知っている。

無の境地にならねばと、角馬はみずからに言い聞かせた。

「来ましたぞ」

網野が吐きすてる。

外桜田御門と内桜田御門を結ぶ西御丸下《にしおまるした》のなかほどに、渋色の網代駕籠が忽然《こつぜん》と
あらわれた。

「ちがう、あれは馬場先御門からまいられた津山藩の御駕籠じゃ」

まちがいあるまい。足軽《あしがる》の持つ幟《のぼり》に「剣大《けんだい》」の合印《あいじるし》がみえる。駕籠は御三家と
同格の「渋色網代黒塗長棒」と称されるもので、越前松平家筋の宗家である津山家
の殿さまだけが使ってもよいこととされていた。

斉民を乗せた網代駕籠はどんどん近づき、角馬たちの前を通りすぎていく。

やり過ごそうとおもったとき、ふと、棒を担ぐ陸尺《ろくしゃく》たちが歩みを止めた。

駕籠は宙に浮いたまま静止し、やがて、何事もなかったように動きだす。

角馬も網野もほかの連中も、みな、頭《こうべ》を垂れていた。

首尾を願う斉民の気持ちが伝わったのだ。

そして、外桜田御門のあたりに、別の網代駕籠があらわれた。

「来た」

網野は、ごくっと唾を呑みこむ。

まちがいなく、明石家の斉宣を乗せた駕籠であった。

「待て、焦るな」

駕籠の一団は警戒しているのか、通常よりも歩みが速い。

供侍も増え、三十は優に超えている。

一団はみるまに大きくなり、巨大な猪のごとく近づいてきた。

角馬が叫ぶ。

「みなの者、死に花を咲かせよ」

「おう」

四方から喊声《かんせい》があがり、物々しい扮装《いでたち》の侍たちが躍りでる。

いずれも、手には筋金入りの六尺棒を抱えていた。

なるほど、ひとかたまりの集団を外から襲うには、刀よりも長い棒のほうが有効かもしれない。

角馬の策は図に当たった。

供侍たちは迫力に気圧《けお》され、最初から腰が引けている。

「ぬわああ」

網野が先駆けとなり、もんどりうつように襲いかかった。

抜いた刀で防戦しても、鋼入りの長い棒には敵わない。
二、三人が尻餅をついた途端、防禦《ぼうぎょ》の陣形が崩れた。
「それっ、駕籠を狙え」

「おう」

何人かが間隙《かんげき》を衝《つ》き、駕籠のそばへ殺到する。

だが、ひとりとして近づくことはできなかった。

縦も横もある巨漢が、壁となって立ちはだかっている。

物頭、宇治川帯刀であった。

「ふはは、雑魚《ざこ》どもめ」

抜き際の一刀で、真正面のひとりを斬りさげる。

「ぶひぇえ」

断末魔《だんまつま》の叫びが、襲う側を怯ませた。
帯刀は鬼神と化し、つぎつぎに若侍を斬り捨てる。
劣勢から立ちなおった供侍たちも、網野たちを押し返していった。
同じ藩の顔見知り同士が、棒と刀で死闘を繰りひろげているのだ。
どちらが生き残っても、禍根《かこん》は残るにちがいない。
今は誰もが激闘を生きぬき、おのれの役目を果たさねばならなかった。
角馬も闘っている。
供侍の囲みを払い除《の》け、するすると駕籠に近づいていった。
「貰ったぞ」
叫ぶやいなや、地を蹴りあげる。
「けぃ……っ」
気合一声、大上段から棒を振りおろした。
——どしゃっ。
凄まじい音とともに、粉塵《ふんじん》が濛々《もうもう》と舞いあがる。
敵も味方も動きを止め、角馬に注目した。
網代駕籠は潰れている。

が、蛻《もぬけ》の殻《から》だった。

「くはは、掛かったな」

角馬の面前に、宇治川帯刀が立っている。

「草加部角馬、おぬしらの動きは筒抜けだ」

「何じゃと」

襲う側のひとりが、囲みから逃れていった。

二十数人もいれば、裏切り者が出てもおかしくはない。

おおかた、出世と引換に魂を売ったのだろう。

そちらの予想はできたが、さすがに、空駕籠で登城するところまでは考えつかなかった。

口惜しい。

「死ね」

帯刀が大太刀を振りかぶる。

「ふりゃ……っ」

上段の一撃が落ちてきた。

「ぬうっ」

咄嗟に、棒で十字に受ける。

——ずん。

肩が外れるほどの衝撃を感じた。

「……み、微塵か」

「ふふ、さすが棒術師範、よくぞ踏み留まったな」

帯刀は離れず、巨体を生かして伸《の》しかかってくる。

角馬は膂力《りよりよく》に抗しきれず、腕をたたんでしまった。

「くっ」

眉間に刃が触れる。

押し返そうとしても、帯刀は動かない。

崖に転がった巨岩を受けとめているかのようだ。

「ぬがっ」

圧《へ》し斬《ぎ》りに圧され、眉間の肉が裂けた。

——ぶっ。

血が流れる。

同時に、ふわっと身が軽くなった。

「こやつめ」

帯刀が叫んでいる。

溢《あふ》れる血を拭って目を向けると、網野小一郎が巨漢の腰にくっついていた。

まるで、小判鮫《こばんざめ》のようだ。

しかも、小判鮫は帯刀の腰に白刃を突きたてている。

「止《とど》めを、止めを」

絶叫する網野の声は、みずからの断末魔の叫びに掻き消された。

「ぬぎゃっ」

帯刀に素手で抱えこまれ、首の骨を折られたのだ。

「ふおっ」

角馬は唸《うな》った。

残された力を振りしぼり、筋金入りの六尺棒を振りあげる。

「覚悟せい」

猛然と棒を振りおろすや、狙った脳天に命中した。

帯刀は眸子を瞠《みは》り、薄笑いを浮かべてみせる。

つぎの瞬間、左右の目玉が飛びだしてきた。

脳天がぱっくり割れ、鯨《くじら》の潮吹きのごとく血が噴きだす。
「……こ、これまでか」
角馬は棒を捨て、蹌踉《よろ》めきながらも歩きはじめた。
潰れた駕籠も、転がった屍骸も、内桜田御門も、何もみえない。
額から溢れる血のせいで、目を開けていられなくなった。
突風が吹きぬけ、濠端に植わった桜が一斉に枝を撓《しな》らせる。
角之進の顔が脳裏に浮かび、何故か、矢背蔵人介の顔も浮かんだ。
「……た、頼む」
信を置く者に、やり残したことを託したかったのかもしれない。
角馬は躓《つまず》き、地に倒れた。
ひとひらの花弁《はなびら》が頬に落ちても、二度と目を開けることはなかった。

十四

部屋は香煎《こうせん》の香に包まれている。
蔵人介は桜田御用屋敷に呼ばれ、如心尼《じょしんに》の御前に座っていた。

「今朝の騒ぎは聞いておろう。襲われたのは、明石藩の斉宣さまだったらしいの」

「はて、詳しくはわかりかねますが」

「桜田御門外は目と鼻のさきじゃ。里《さと》に命じてみにいかせたら、血腥《ちなまぐさ》い光景がひろがっておったという。襲った者たちはひとり残らず、討ち死にを遂げたとか。されど、屍骸《むくろ》はすぐに片付けられ、怪我人どもは何処かへ運ばれていった。祖父江内膳なる江戸家老が、御自ら片付けの指揮を執《と》ったらしい。おかげで、明石藩はお咎めも受けずに済みそうじゃ」

如心尼はゆったり喋りながら、こちらの様子を窺う。

「里によれば、駕籠は蛻の殻であったとか。襲った連中にしてみれば、犬死にも同然じゃな」

草加部角馬や網野小一郎の死を「犬死に」と言われれば、蔵人介も冷静ではいられなくなる。

上目遣いに睨みつけると、如心尼は顔を背けた。

冷めかけた香煎を啜り、酸っぱそうに口を窄《すぼ》める。

「襲った連中は、いずれも棒で闘っておった。仕舞いまで捨ておかれた屍骸は、老いた侍のものでな、そやつが首謀者と目されたが、何処の誰かはわからぬ。おぬし、存じておるのではないか」

鋭く切りこまれても、蔵人介は顔色ひとつ変えない。

「何故、それがしが存じておると」

「とある者から聞いた」

鬼役の矢背蔵人介もこの一件に関わってくるのではないかと、その者は危惧《きぐ》していたという。

「おはなしとは、そのことにござりましょうか」

「まあ、そうじゃ」

如心尼は曖昧《あいまい》にこたえ、廊下に侍る里に香煎のお代わりを申しつける。

「矢背どのと、それから、ご従者のぶんもご用意してさしあげよ」

「はい」

里は返事をし、かたわらの串部をちらりとみる。

串部は口角《こうかく》を持ちあげ、嬉しそうにうなずいた。

やっと香煎にありつけるとおもったのだろう。

「こちらのぶんは、結構にござります」

蔵人介は鋭く発し、里の動きを制した。

串部は小鼻をひろげ、怒ってみせる。

もちろん、蔵人介にはみえていない。

「如心尼さま。さようなことより、お教え願えませぬか。それがしの名を口にした者とは、誰でござる」

恫喝《どうかつ》するような口調になった。

如心尼は大袈裟に仰《の》け反《ぞ》ってみせる。

「恐いおひとじゃのう。聞きたければ、教えてさしあげましょう。勘定奉行の明楽飛騨守じゃ。もっとも、今は隠居の身らしいがな」

蔵人介は驚かない。

「明楽さまに、何と言われたのでしょうか」

「飛騨守に何を言われたところで、わらわの心は動かぬ。わらわの面前で畳に両手をつかれたのは、本輪院さまじゃ」

「本輪院さまが、両手を」

さすがに驚いた。将軍の子を産んだお腹《はら》さまが、下の者に手をつくことなどあり得ない。

「内々に頼みがあるとの使いがあったゆえ、秘かに二ノ丸へ伺候《しこう》した。すると、大粒の涙を流しながら、我が子を救ってほしいと仰る。何故、この身に縋るのかと質《ただ》したところへ、襖一枚隔てた隣部屋から飛騨守があらわれたのじゃ。自分は御庭番を束ねていた者ゆえ、鬼役に裏の役目が課されているであろうことは察していた。内々に調べてみると、どうやら、密命の出所は桜田御用屋敷らしい。わらわに縋れば、鬼役を押さえられるのではないかと、そうおもったのだと言いおった」

なるほど、御庭番が本気になれば、何でも調べられるということなのだろう。

如心尼は同情してみせる。

「飛騨守は本輪院さまのご実父じゃ。必死になるお気持ちは、わからんでもない」

蔵人介は、片眉をぴっと吊りあげた。

「それで、どうなさるおつもりです」

「おぬしは、どうするつもりじゃ。斉宣さまを亡き者にする気か」

単刀直入に質され、蔵人介は襟を正した。

「斉宣公の蛮行《ばんこう》ならば、如心尼さまもお聞きおよびかと」

「存じておる。噂が真実《まこと》であれば、万死に値する蛮行じゃ。されどな、母の情、祖父の情をおもえば、生かして出家させる道などもあるのではないか」

「されば、止めよとご命じになりますか」

ほっと、如心尼は息を吐いた。

「大奥におったころ、本輪院さまにはひとかたならぬお世話になった。恩を返さねばとおもうておる。ただ、おぬしの意志を知りとうてな」

「下の者の意志を聞いて、判断なさると仰せか」

「わからぬ。迷うておるのよ。それゆえ、おぬしに聞かねばならぬとおもうた。何故、斉宜公を斬らねばならぬのかを」

蔵人介は、ぐっと顎を引きしめる。

「ご存じのごとく、密命なき斬殺はただの人斬りにござります。それを戒《いまし》めとして、これまでお役目を果たしてまいりました。されど、こたびばかりは密命の如何《いかん》にかかわらず、事を成し遂げる所存にござります。理由を問われたところで、はっきりとはおこたえできませぬ。ただ」

「ただ、何じゃ」

「情として忍び難し。そのことばに尽きようかと」

「情として忍び難しか。なるほど、あのお方のせいで、おぬしもたいせつな者たちを失ってきたようじゃな」

里がするすると近づき、湯気の立った香煎をさり気《げ》なく置いていった。

「かたじけのうござる」

蔵人介は手を伸ばし、香煎をひと口啜る。

香気が喉もとを伝ってからだじゅうを巡り、穏やかな気分になってきた。

串部はあいかわらず、お預けにされたままだ。

「里、あれを持て」

如心尼に命じられ、里は部屋から消える。

そして、鴇《とき》色の両袖に、ひと振りの刀を抱えてきた。

「じつはな、もうおひとり、この身に縋ってこられたお方がおられた」

如心尼は、くっと首を差しだす。

「いや、わらわというよりも、そのお方は上様に縋られた。斉宜公に引導を渡してほしいとなあ。どなたじゃとおもう。津山藩のお殿さまじゃ」

「何と」

蔵人介は驚きを隠せない。

如心尼は困った顔でつづけた。

「斉民さまと斉宜さま、どちらも上様の弟君じゃ。上の弟が下の弟の命を絶ってほしいと、涙ながらに頼んできたのじゃ。無論、よほどのお覚悟がなければ、さようなことはできまい。斉民公は死を賭《と》してまで、上様に縋ってこられた。それがわからぬ上様ではない。同じ血を分けた兄弟ゆえな。『任せよ』と、上様は仰せになった。そして、約束を交わした証しにと、津山家に代々伝わる宝刀を所望なされた」

「童子切安綱《どうじぎりやすつな》にござりますか」

「さよう。拭えぬ刀身の血曇《ちぐも》りは、斉宜公が手に掛けた野良犬のものだそうじゃな。耳にしたくもない酷い所行じゃ。姉小路《あねがこうじ》さまが上様からお聞きになり、わらわは姉小路さまから伺った。この刀を、おぬしに授けよう。それを如心尼からの密命と、受けとめてくれてもよい」

「はっ」

蔵人介は両袖の袂を払い、畳に額を押しつけた。

もはや、何ひとつ躊躇《ためら》いはない。

密命を果たすのみと、胸中につぶやいた。

十五

翌夕。

――ごおん。

暮れ六つを報せる梵鐘《ぼんしょう》が鳴っている。

蔵人介は串部をともない、今戸橋のそばに建つ遍路寺の境内に踏みこんだ。

おもったとおり、斉宜は本輪院に会うために藩邸を脱けだしていた。

誰かにみつかって表沙汰になれば、母と子は笑いものになるにちがいない。

十九歳にもなった一国の大名が、母の乳恋しさで尼寺へいそいそ通いつづける。

しかも、それが残虐非道な斉宜だと知れわたれば、世間から後ろ指を差されかねなかった。

ゆえに、母と子は密通を重ねる男女の逢瀬《おうせ》のごとく、隠密裡《り》に会うしかなかった。

蔵人介は敢えてその尼寺を、斉宜の死に場所に選んだ。

明確な理由はない。

明楽飛驒守から誘われたように感じたのだ。

如心尼から預かった童子切安綱は、後ろにつづく串部に持たせている。

「明楽さまは、おられましょうか」

「おる。手ぐすね引いて待っていよう」

「伝右衛門に聞きましたが、明楽さまは尾張柳生《やぎゅう》の遣い手だそうです。何でも、伝右衛門は一度だけ、板の間で申し合いをやったことがあるとか」

「ほう、あの伝右衛門がなあ」

「十数年もむかしのはなしにござる」

蔵人介は、えらく興味を惹かれた。公人朝夕人は闇に生き、けっして表には出てこないとおもっていたからだ。

「して、勝敗は」

「敗《やぶ》れたそうですよ」

「まことか」

竹刀を使った板の間の申し合いとはいえ、伝右衛門に勝った相手がいようとは。

しかも、明楽は齢八十を超えている。十数年前とはいえ、高齢には変わりない。

死を予感させるかのごとく、境内は閑寂《かんじゃく》としている。

本殿を正面にみて一礼すると、墓所につづく脇道から人影があらわれた。

「おった」

串部が吐きすてる。

明楽飛騨守茂村は喪に服すかのように、白い羽織を纏《まと》っていた。

憲法黒《けんぽうぐろ》の羽織を纏った蔵人介と対峙すれば、白と黒の対比が鮮やかに浮かびあがる。

だが、すでに日は暮れかかり、翳《かげ》りゆく明楽の顔からは真意を読みとるのが難しい。

「やはり、来たか。母親の願いは届かなんだとみえる」

「わかりませぬな。何故、明楽さまがそこまで庇《かば》おうとなさるのか」

「肉親の情だけでは説明がつかぬと」

「明楽さまなら、密命を優先なさるはず」

「ふふ、そうおもうか」

「お役目に殉じるのが、御庭番にござりましょう」

それとも、偉くなりすぎると、武士《もののふ》の矜持《きょうじ》を失うものなのだろうか。

「手厳しいな。されど、おぬしが疑念を抱くのもわからぬではない。教えてやろう。わしは祖父江内膳と通じておる」

唐突な告白に感じられた。

「明石藩の江戸家老でござりますな」

「そうじゃ。西灘《にしなだ》の酒造と赤坂煙草《あかさかたばこ》の収益から、明楽家に一部を上納すると、あやつのほうから持ちかけてきおった」

「先方の見返りは」

「印旛《いんば》沼掘割《ほりわり》普請の免除」

水野忠邦が旗振り役で推進している大掛かりな普請である。普請に掛かる費用《ついえ》は、二十万両を超えるであろう。

「ご老中は、夏からの着手を考えておられる。無論、一藩だけではまかなえぬ」

それゆえ、譜代《ふだい》の沼津《ぬまづ》藩と庄内《しょうない》藩や外様の鳥取《とっとり》藩などへ声が掛けられていた。

「ぜんぶで五藩か六藩になる見込みじゃが、とりまとめ役として御家門を一つくわえねば、ほかの藩へのしめしがつかぬということになった。ご老中のご意向もあり、明石藩に白羽の矢が立ったのじゃ。されど、藩主が斉宜公では、とりまとめ役はつとまらぬ。かといって、今さらほかの御家門に声を掛けるのも難しい。ご老中は熟慮のすえ、藩主の首を秘かに挿《す》げ替えよとの密命を下された」

つまり、明楽が密命を果たせば、新たな藩主に代わり、明石藩は掘割普請のとりまとめ役として、尋常ならざる借金を背負うことになる。これを阻むためには、斉宜を死なせてはならず、藩主の座に踏み留まらせておかねばならぬ。

明楽は藩内で主流派と目される祖父江内膳を秘かに呼びつけ、斉宜が死ねば明石藩にとっては一大事になると説いた。これを祖父江もよく理解し、酒や煙草の利権と引換に斉宣を救う手立てを明楽に託したというのである。

蔵人介は、明楽から視線を外さない。

「すなわち、斉宣公を守る理由は情ではなく、利であると仰せか」

「そのほうが、おぬしもやりやすかろう。いずれにせよ、わしを斬らねば、あやつのもとへはたどりつけぬでな」

明楽はばっと羽織を脱ぎ、柿色の筒袖姿になった。

とうてい、八十を超えた老人にはみえない。

串部が動いた。

「殿、それがしが」

「手を出すな」

蔵人介は串部を制し、五間《けん》（約九メートル）の立ち間合いまで躙《にじ》りよる。

五間と言えば、一瞬で詰められる間合いだ。

明楽は斜めに構え、静かに刀を抜いた。

柳生新陰《しんかげ》流の理合《りあい》には「相手は陽、自分は陰、陰ははじめから陽の内に潜むもの」とある。すなわち、相手の動きに応じて自在に変化してみせるのが、幕府御留《おとめ》流の真髄《しんずい》にほかならない。

また、伝書には「地を踏む足は拇《おやゆび》を軽く反って浮かせ、腰の仙骨《せんこつ》を真上に吊りあげるがごとく下腹を沈めつつ、するすると両膝を弛《ゆる》めながら浮足《うきあし》で歩め」ともある。

明楽の動きはまさしく伝書に記されたとおりで、柳生新陰流の手本をみているかのようだった。

蔵人介は半眼に相手を見据え、最適の瞬間まで刀を抜かない。

もちろん、こちらが田宮《たみや》流の抜刀術を使うことなど、知りつくされている。

明楽は青眼《せいがん》の構えから、誘うように仕掛けてきた。

「ふい、ふい」

小詰《こづ》めという技だ。

本来であれば、抜いた相手の鍔元《つばもと》三寸に物打《ものうち》で付け乗り、小調子に打ちこみつつ、相手の体勢を崩す。

わずかな拍子のずれが、崩しを生じるきっかけになる。

蔵人介もわかっているので、易々とは誘いに乗らない。

「どうした、抜かねば勝負になるまいが」

明楽の使う刀は、長さ二尺前後の直刀だった。

が、二尺は三尺にも感じられ、わずかな隙も見出すことができない。
明楽は左足を軽く踏みこみ、刀をすっと右横に持ちあげた。
脇が空いたとみて、蔵人介は身を寄せる。
「ふんっ」
鳴狐を抜きはなつ。
――きゅいん。
抜き際の一刀を弾かれた。
脇構《わきがま》えから、返す刀で斜め斬りがくる。
猿廻《えんかい》か。
技の名が閃《ひらめ》いた。
――がきっ。
棟区《むねまち》で受けるや、鍔迫《ぜ》り合いに持ちこまれる。
「むっ」
重い。
八十超えの膂力《りょりょく》ではない。
ぐっと、力を入れた。

と同時に、ふわりと外される。
絶妙の外しだ。
「ぬっ」
どうにか踏んばった。
手強い。
わずかな拍子のずれが致命傷となる。
――ひゅん。
すかさず、くねり討ちの袈裟懸けがきた。
咄嗟に受けるや、巌《いわお》のごとき重みが乗りかかる。
「むうっ」
これが、尾張柳生の真骨頂《しんこっちょう》か。
外すときは枯葉のごとく、振りおろすときは巨岩のごとし。
負けたくない、ここで死にたくない、というおもいが生じる。
生への執着から逃れる勇心がなければ、やられてしまうにちがいない。
「ぬおっ」
おもいきって、身を離す。

刹那《せつな》、胸を斬られた。
――ばすっ。
傷は浅い。
「ちっ」
明楽が舌打ちをする。
蔵人介は刀を鞘に納めた。
勇心だ。
眸子を瞑《つむ》る。
「逝《い》くがよい」
明楽は一歩長にまっすぐ踏みこみ、横雷刀《よこらいとう》から順勢《じゅんせい》に斬りこんできた。
山陰《やまかげ》斬りか。
蔵人介は、すっと身を寄せた。
抜刀術の間合いにしても、近すぎる。
――ぴっ。
長柄刀の目釘《めくぎ》を弾いた。
八寸の刃が煌《きら》めく。

柄に仕込んだ刃だ。

「ふん」

頭上に振りおろされた相手の双手《もろて》を、蔵人介は下から斬りあげた。

体が擦れちがう。

「あぐっ」

明楽の両手首が、ぼそっと落ちた。

後ろから引っ張られているかのごとく、背筋はまっすぐ伸びている。

「斉宜さま、斉宜さま……」

両手首を失いつつも、明楽は太い声で叫びつづける。

すると、本堂奥の暗闇から、怯えた蒼白い顔があらわれた。

十六

明楽は叫んだ。

「斉宜さま、お腹を……は、腹をお召しになられよ」

「爺《じい》っ」

「……こ、この者が……か、介錯《かいしやく》いたしますゆえ」
明楽は海老反りになり、そのまま倒れていった。
あまりにも壮絶な最期に、蔵人介も串部も声を失う。
斉宣は床から飛び降り、足袋のまま駆けだした。
明楽のもとに縋りつき、抱き起こそうとする。
「爺よ、しっかりいたせ。死ぬでないぞ」
残虐非道な殿さまが、声をあげて泣きはじめた。
本堂の片端をみやれば、落飾した女性が両手を合わせている。
本輪院と号するお以登の方にまちがいない。
腹を痛めたわが子可愛さに、斉宣を独り立ちできぬ為政者《いせいしや》にしてしまった。
その報いがついに来たのだと、覚悟を決めているにちがいない。
どうか、苦しまずに逝かせてやってくださいと、祈っているようにもみえた。
斉宣は動かぬ明楽を抱き、おんおん泣きつづけている。
心の底から、悲しいのだろう。
こちらまで胸を締めつけられた。
とうてい、生身の人を様斬《ためしぎ》りにした悪人にはみえない。

明楽飛騨守はおそらく、利で動いたのではなかった。
やはり、肉親の情から孫の命を救いたかったのだろう。
蔵人介は、そうおもいたかった。
「殿、これを」
串部が恭《うやうや》しく、宝刀を差しだしてくる。
蔵人介はみずからの大小と引換に、童子切安綱を手に取った。
黒鞘の拵《こしら》えは、けっして華美《かび》なものではない。
腰帯に差すと、しっくりと収まった。
串部は携えてきた筵を広げ、あらかじめ用意していた三方《さんぼう》を置く。
凶例《きようれい》ゆえに、三方の手前縁には切れ込みがはいっていた。
畳はない。
それでも、体裁《ていさい》らしきものは整った。
串部は篝火の台を目敏くみつけ、本堂の脇から持ってくる。
燧石《ひうちいし》を切って種火を点《つ》け、手際よく薪《まき》を重ねて篝火を築いた。
炎は人を神秘の域へと誘う。
「斉宜さま、あちらへ」

蔵人介は高位な者への礼を尽くし、腰を折ってお辞儀をする。

迫力に呑まれたかのように、斉宜はゆらりと立ちあがった。

桜色の着物は、明楽の血で染まっている。

「お着替えをなされますか」

質しながら睨みつけると、斉宜は首を横に振った。

「このままでよい」

覚悟を決めたのだろう。

「爺の遺言じゃ。守らねばならぬ」

むしろ、ここまで生かされたのが不運であったと言うべきか。

明楽飛騨守にも、本輪院にも、早い段階でわかっていた。

せめて、最期だけは武士らしく散ってほしいと願い、明楽はわざわざ今日の舞台をつくったのかもしれない。

最初から、勝つ気はなかったのだ。

そんなふうに、蔵人介は勘ぐった。

斉宜はふらつきながらも、三方の置かれた筵のほうへ向かう。

篝火に照らされた顔は蠟《ろう》のように蒼醒《あおざ》め、彼岸《ひがん》と此岸《しがん》との境目を歩いているかのようだ。

串部に導かれ、斉宣は筵に座った。

本堂を背にしている。

おそらく、母のことは忘れていよう。

おもいだせば、未練にとらわれる。

心は乱れ、尊厳のある死は得られまい。

本輪院も感じているのだろう。

泣き声を漏らさぬよう、じっと耐えている。

哀れな母親であった。

我が子の命を救うこともできず、それならば最期だけは凜々《りり》しくあってほしいと、切実なおもいで祈りつづけるしかないのだ。

三方には小刀ではなく、扇子が置かれていた。

「これは」

覗きこもうとする斉宣に向かって、串部が囁いた。

「扇子腹《せんすばら》というものにござる」

「えっ」

「柄の付け根に、葵の御紋が彫ってござりましょう」

「ん、どこじゃ」

正座したまま、前屈みになる。

「もそっと近づいて、ご覧になられませ」

「ん、こうか」

斉宜は両肘を張り、細い首を突きだした。

蔵人介は息を殺し、気配もなく背後に近寄る。

そして、音もなく刀を抜いた。

童子切安綱が鈍い光を放つ。

「お覚悟」

短く発し、宝刀を斬りさげた。

――ばすっ。

斉宜の首が、筵のうえに転がった。

「ふぇぇぇ」

本輪院の悲鳴が、寺領を震撼《しんかん》させるほどに響いた。

樋《ひ》に溜まった血を振り落とし、蔵人介は宝刀を鞘に納める。

「情として忍び難し」

死んでいった罪無き者たちのことをおもった。

幕府の都合で一藩の主人に据《す》えおかれた暗愚な大名は、斬首にかぎりなく近い死を遂げた。

おそらく、すべては江戸の片隅にひっそりと建つ尼寺の闇に葬られることだろう。

鬼役主従の去った境内には、篝火が赤々と燃えている。

薪能《たきぎのう》の舞台でもみているかのごとく、この世とあの世のあわいで起きた出来事のようにも感じられた。

十七

斉宣急死の責を取るかたちで、明石藩江戸家老の祖父江内膳も腹を切った。

前藩主の長男である直憲が次期藩主の座に就くものと見込まれたが、ほんとうにそうなれば元の鞘におさまることにもなり、幕府の横槍に憤って自刃した母の至誠院も草葉の蔭で溜飲《りゅういん》を下げているにちがいない。

一方、明楽飛騨守の死は病死とされ、本輪院は二ノ丸に籠《こ》もって沈黙を貫いた。

津山藩の斉民公からは無論のこと、如心尼からも慰労のことばはない。

弥生十四日、矢背家においては、花見の行楽先を巡って一悶着《ひともんちゃく》あった。

墨堤にするか、御殿山にするか、はたまた、上野山から道灌山《どうかん》、欲張って飛鳥山《あすか》まで足を延ばすか。

「墨堤の桜はすでに盛りを過ぎたようですし、鳴り物と酒のない上野山は窮屈至極《きゆうくつしごく》にござります」

串部が文句を言えば、志乃はすかさず口を尖らす。

「さりとて、飛鳥山は遠すぎる」

「一泊するつもりで参ればよろしいのでは」

と、幸恵も割ってはいる。

「上野山や道灌山のみならず、与楽寺《よらくじ》、吉祥寺《きちじようじ》、さらには無量寺《むりようじ》を経て飛鳥山、そして王子《おうじ》権現社と金輪寺《きんりんじ》まで、桜の名所を数珠繋ぎに満喫できますよ」

「そこまでして、桜ばかりみとうもない」

志乃は拗《す》ねた。

「ならば、やはり、墨堤はいかがでしょう」

幸恵も言うとおり、こちらも捨てがたい。

向島《むこうじま》の木母寺《もくぼじ》まで行けば、梅若忌《うめわかき》を祈念して盛大な大仏法要が催されるはずだ。

梅若は洛中に住む貴公子であったが、人買いに攫《さら》われて奥州《おうしゅう》へ下る途上、隅田《すだ》堤《つつみ》で非業《ひごう》の死を遂げた。母御前《ははごぜ》は消息を尋ねて京から江戸へ下ったものの、我が子の死を知って発狂する。忌日に降る雨は「梅若の涙雨」と称されるほど、人口に膾炙《かいしゃ》した悲劇にほかならない。

「尋ね来て問はば答へよ都鳥《みやこどり》、隅田川原の露と消えぬと」

幸恵は裏声で梅若の辞世《じせい》を口ずさむ。

母御前のすがたを本輪院に重ね、蔵人介はしんみりとなった。

「辛気臭《しんきくそ》うて嫌じゃ」

志乃が一蹴《いっしゅう》する。

「それにな、諏訪社《すわしゃ》で杉箸《すぎばし》も頂戴せねばならぬ」

杉箸と聞いて、合点がいった。

弥生の酉《とり》ノ日に配られる「諏訪の杉箸」を使えば、肉食をしても格別に許されるという言い伝えである。本来ならば、使った箸を音無川《おとなしがわ》へ流さねばならぬが、志乃はそこまで気にしない。平河町《ひらかわちょう》あたりの獣肉屋《ももんじ》へおもむき、紅葉《もみじ》や牡丹の肉を堪《たん》能《のう》できればそれでよいのだろう。

「花より団子とは、よう言うたものでござる」

串部は皮肉を漏らし、志乃にぎろりと睨まれた。

要は、諏訪社が近くにあって、花見もできるところがよいのだ。

「諏訪社なら、いずれにもござりますぞ。墨堤へ行くなら寺島《てらじま》村に、寛永寺《かんえいじ》から道灌山へ向かうのなら田端《たばた》の新堀《しんぼり》村に、御殿山なら南品川《みなみしながわ》の青物《あおもの》横丁に。いかがです、寛永寺山門の吉祥閣《きっしょうかく》に上れば、上野山の桜ばかりか、豊島《としま》、足立《あだち》二郡の田圃《たんぼ》を横切る荒川の広大な景色をのぞむことができましょう。雄大な筑波山《つくばさん》も聳《そび》えてござる。もちろん、大奥さまのお好きな富士山も堪能できますよ」

串部が早口で喋りきると、志乃はふてくされる。

「上野山は窮屈じゃと、おぬしはさきほど申したではないか」

「正直、面倒臭くなりました。この際、何処でもかまいませぬ」

しばらく揉めたすえ、一行は東海道をたどり、品川をめざすことに決めた。

揉めただけのことはあり、正しい選択であったかもしれない。

爽やかな海風が吹きぬける松並木の道をたどれば、言い合いになったことなど忘れてしまう。

大縄手の向こうには蒼海がひろがり、遠くには白い帆船も浮かんでいた。

高輪の大木戸を過ぎたところで、泉岳寺へ立ち寄ることになった。

めずらしく、蔵人介がそれを望んだのだ。

泉岳寺には、網野小一郎ら明石藩の若い連中が秘かに葬られたと聞いていた。墓石を探して、手を合わせたいとおもったのだ。

「浅野内匠頭《あさのたくみのかみ》が刃傷を起こした日でもあるし、まあよかろう」

志乃も興味をしめした。

泉岳寺の境内を訪れ、住職に事情をはなす。

「つい今し方、お侍に同じことを聞かれました」

侍の名は「草加部角之進」と聞き、蔵人介は浅からぬ縁を感じざるを得なかった。

温和そうな住職みずから、高輪富士のみえる墓所へ案内してもらう。

「墓はまだひとつじゃが、いずれはひとりずつ築いてさしあげようかと」

蔵人介は、駄目元で尋ねてみた。

「墓に入れてもらったのは、明石の藩士だけにござりましょうか」

「いいや」

住職は首を振る。

「おひとりだけ、美作のお侍がおられる。棒術の御師範だそうじゃ」

予想どおり、角馬もいっしょにいる。

おもわず、聞かずにはいられなくなった。

「いったい、どなたからそのことをお聞きに」

「美作の津山藩より御使者がみえてな、お殿さまが風の便りに当寺のことをお聞きになったらしい。それで、是非とも、御師範のお骨を分骨したいと仰せでな」

斉民公は、草加部角馬のことを気に掛けていたのだ。

それがわかっただけでも、参詣した甲斐はあったというもの。

墓所へ向かってみると、散りかけた細い枝垂《しだ》れ桜のそばに、ひっそりと墓石は建っていた。

全山雪と見紛うばかりの御殿山や八《や》つ山《やま》の絶景とくらべれば、あまりにも淋しいが、涙を誘うような風情もあり、死に急いだ者たちの魂はこうした場所でこそ慰められるにちがいないとおもった。

志乃と幸恵が道々に手折った花の束を受けとり、蔵人介は墓前へ手向ける。

先客がおり、墓前には山吹が手向けられていた。

人の気配に振りむけば、草加部角之進が立っている。

何と角之進の後ろには、おそめがしおらしく控えていた。

研ぎ師の佐十郎が「目に入れても痛くない」と言っていた一人娘である。一目しただけで、ふたりの仲を察することができた。

「矢背さま、おいでくださったのですね」

角之進のことばに、じっくりうなずく。

「おぬしの父が弔われているのは知らなんだ」

「わが殿のご配慮にござります」

「そのようだな」

「矢背さまのもとへ、ご挨拶に伺おうとおもっておりました」

「国許へ帰るのか」

「はい」

おそめを連れて帰り、母の墓前に夫婦の報告をするのだという。

「さようか。ふたりが夫婦《みょうと》になれば、母上も角馬どのも、佐十郎も喜ぶであろうな」

「親戚に挨拶を済ませたら、江戸へ戻ってまいります」

「ほう、ずいぶん忙《せわ》しいな」

「じつは、侍を辞めることにいたしました。研ぎ師になり、佐十郎どのの見世を継ごうかと」

「まことか」

「はい。殿にもお伝えしたところ、頭を冷やせと叱られました。されど、伏して覚悟のほどを申しあげると、まずはこれを研ぎあげてみよと仰り、童子切安綱をお預けくださりました」

「なかなか、よい殿ではないか」

「はい」

「斉民公は『父を誇りにおもえ』と、最後に仰せくださりました。そのおことばを宝にしつつ、おそめともども生きてまいりたいとおもいます」

不覚にも、涙が零《こぼ》れそうになる。

海風に乗って聞こえてくるのは、参勤交代の長持《ながもち》歌であろうか。

気の早い西の外様大名が、粛々と江戸を離れていくのだろう。

春たけなわともなれば、品川沖では鱚《きす》や鰈《かれい》の釣り便りが聞かれ、本所の回向院《えこういん》では晴天十日の勧進《かんじん》相撲がはじまる。

「花見小袖に揃いの日傘《そうろうひようきん》、花簪《はなかんざし》の髪飾り、紛うかたなき御殿女中とおもいきや、仮装の茶番にござ候。剽軽踊りを踊りませ、囃《はや》すそなたは誰じゃいな」

志乃が陽気に唄いながら、手踊りを披露する。

「つんつくてん、ちとしゃとしゃん……」

串部もまねて踊りだし、幸恵も恥ずかしそうにまねをする。

墓のまわりで何をしておるのかと、住職は一喝もせず、それどころか、足で拍子を取りはじめた。

妙な手踊りの連中は泉岳寺をあとにし、御殿山と八つ山へ花見に向かい、南品川は青物横丁の諏訪社で杉箸を貰うにちがいない。そして、縄手の道を急いで戻り、平河町の獣肉屋へ繰りだすことだろう。

「さあ、参るぞ、薬喰《くすりぐ》いじゃ」

志乃の音頭で、みなは縄手の道を歩きだす。

夫婦の約束をした若いふたりも従いてきた。

どうやら、今年の花見は楽しくなりそうだ。

蔵人介は弾むような気持ちで、胸腔《むね》いっぱいに海風を吸いこんだ。

光文社文庫

文庫書下ろし／長編時代小説

大《だい》　名《みょう》　鬼役《おにやく》〔二九〕

著　者　坂《さか》　岡《おか》　真《しん》

2020年4月20日　初版1刷発行

発行者　鈴　木　広　和
印　刷　新　藤　慶　昌　堂
製　本　ナショナル製本

発行所　株式会社　光　文　社
〒112-8011　東京都文京区音羽1-16-6
電話（03）5395-8149　編　集　部
8116　書籍販売部
8125　業　務　部

ISBN978-4-334-79015-8　Printed in Japan

組版　萩原印刷

鬼役メモ

画・坂岡 真

※ページ内側にあるキリトリ線で切って、備忘録にお使い下さい。

キリトリ線

キリトリ線

鬼役メモ

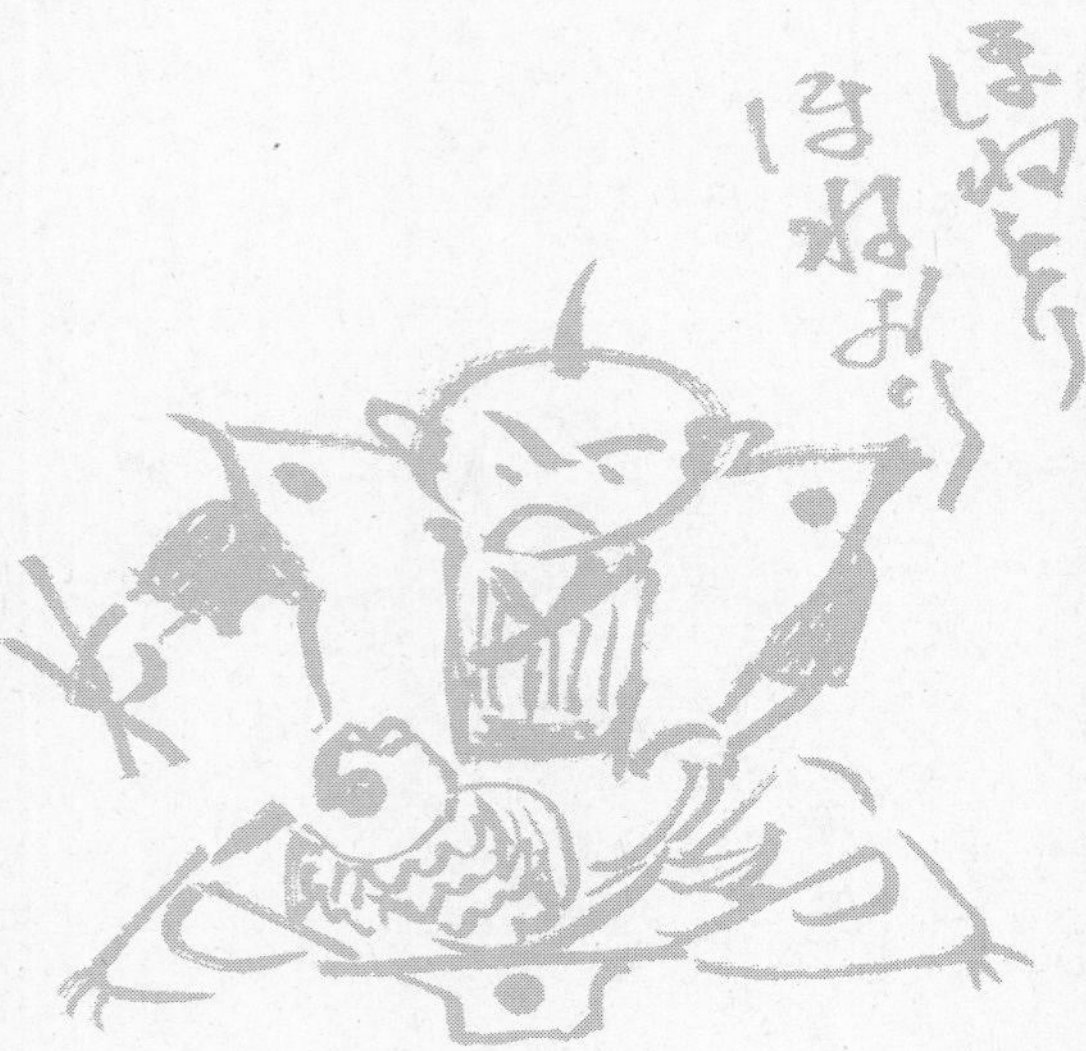

画・坂岡 真

※ページ内側にあるキリトリ線で切って、備忘録にお使い下さい。

キリトリ線

鬼役メモ

※ページ内側にあるキリトリ線で切って、備忘録にお使い下さい。

キリトリ線

鬼役メモ

画・坂岡 真

※ページ内側にあるキリトリ線で切って、備忘録にお使い下さい。

鬼役メモ

画・坂岡 真

※ページ内側にあるキリトリ線で切って、備忘録にお使い下さい。

キリトリ線

キリトリ線

鬼役メモ

画・坂岡 真

※ページ内側にあるキリトリ線で切って、備忘録にお使い下さい。